華獣

CROSS NOVELS

宮緒 葵
NOVEL: Aoi Miyao

絵歩
ILLUST: Epo

CROSS NOVELS

CONTENTS

CROSS NOVELS

CONTENTS

華獣

kaju

宮緒葵

イラスト 絵歩

蜂蜜のような粘り気を帯びた薄闇を、天蓋から垂らされた灯籠が照らしている。

「…あ、……」

噛《か》み殺せなかった喘ぎが吐息に混じり、瓏蘭《ろうらん》はぴくんと肩を震わせた。かすかな振動が伝わったのか、足元でうごめいていた男は獣を思わせるしなやかな動きで顔を上げる。

「――瓏蘭様」

「……っ…」

凍てつく真冬の空にも似た灰青色《はいあお》の双眸に貫かれ、瓏蘭は背筋をわななかせた。馴染んだはずの自分の名が、この男の低く張りのある声に紡がれると宝物のような響きを孕むのは、銀の香炉《こうろ》で惜し気も無く焚かれている伽羅《きゃら》のかぐわしい香りのせいだろうか。

「瓏蘭様、瓏蘭様、瓏蘭様……」

今宵一晩だけ呼ぶことを許された名を、男は何度も繰り返す。寝台に浅く腰掛けた瓏蘭の足元にためらいも無く跪《ひざまず》き、絹の沓《くつ》を恭しく脱がせ、露わになった素足に恍惚と頬を擦り寄せながら。

……禁軍《きんぐん》の、左監《さかん》ともあろう男が……。

「…あ、…は、ぁ…っ」

「瓏蘭様…どうか、お声を聞かせて下さい」

とっさに垂れ下がる袍《ほう》の袂《たもと》で唇を覆えば、男は瓏蘭を振り仰ぎながら懇願した。白い素足をまさぐる硬い掌は炎のように熱く、爪先から燃え上がってしまいそうだ。

「…瓏蘭様…」

眼差しで縋り付くのは、精強な騎馬一族の兵を従え、向かうところ敵無しと謳《うた》われた一騎当千の驍《ぎょう》将《しょう》だ。

——瓏蘭を得るために、死地に赴くことを決意した男だ。

「……凱《がい》、焔《えん》……」

そっと両手を膝の上に置き、勇気を振り絞って男の名を唇に乗せれば、足元で歓喜の雄叫びがほとばしった。親指をねっとりとねぶられ、反射的に逃げを打ちそうになるのを必死に耐える。頭にかぶせられたままの鳳冠《ほうかん》に連なる幾筋もの真珠の鎖がぶつかり合い、しゃらりと澄んだ音をたてる。

何をされようとも、抗わずに受け容れなければならない。

瓏蘭はこの男の一夜限りの花嫁であり……この男は、明日にも命を散らす定めなのだから。


「……公子。本当においでになるのですか？」

うららかな春の陽差しの中、道端に咲く菫《すみれ》に目を細めながら石畳を進む瓏蘭に、薬籠を担がせた初老の従者がおどおどと問いかけてくる。邸を出立してから、これで何度目だろうか。溜息を吐きそうになるのを堪え、瓏蘭は辛抱強く答える。

「ああ、行くとも。そなたには付き合わせてしまって悪いと思うが…」

「私めのことなど、お気にかけて頂くには及びませぬ。私はただ、畏れ多くも帝のお血筋に連なる姫《き》家の嫡男ともあろう御方が山犬どものためにお出ましになっては、穢《けが》れにならぬかと…」

「穢れになど、なるわけがないだろう。彼らは宮城を…我が皇国を守るために出陣し、傷を負ったのだ。治療するのは当然のことではないか」

「されど…」

しつこく食い下がろうとしていた従者は、瓏蘭にじっと見詰められるや、頬を真っ赤に染めて黙り込んだ。亡き生母が輿入れの際に実家から伴い、瓏蘭には生まれた時から十八年も仕えてくれているのに、母に生き写しの容姿に未だ慣れないとはどういうことだろうか。

瓏蘭の生母淑蘭《しゅくらん》は皇国一の名家の令嬢であり、名高い美女でもあった。

極上の絹糸よりもなめらかな黒髪、染み一つ無い象牙色の肌。天空の星々を閉じ込めたようにきらめく黒い双眸。亡き母の美貌をそっくり受け継いだ瓏蘭は、皇族という高い身分も手伝ってか、行く先々で注目を集めてしまう。

今日もそうだ。なるべく地味な袍と帯を選んだというのに、宮人たちがわらわらと群がってきたせいで、普通に歩けば四半刻もかからない距離に一刻も費やしてしまった。

先触れを出したのはずいぶん前だから、先方もさぞ気を揉んでいることだろう。歩みを速めた瓏蘭に、もはや従者は何も言わなかった。優しげな顔立ちに反し、瓏蘭が一度決めたことはてこでも譲らない頑固者だと知っているのだ。

蒼龍皇国《そうりゅうこうこく》を統べる皇帝の住まいであり、文武百官の集う政の中心地でもある宮城の正面は、正門、中門、後門の三つの門に守られている。威儀を正した衙兵《がへい》たちが守る正門を通り抜けると、長身の武官が数人の配下と共に待ち受けていた。

「よくぞおいで下さいました、公子」

武官が左胸に軽く触れる独特の礼をし、配下たちもいっせいに倣う様は壮観だが、隣に控える従者はわずかに眉を顰《ひそ》めた。いや、従者だけではない。瓏蘭には丁重だった衙兵や、門前の広場を行き交う宮人たちまでもがあからさまな嫌悪の眼差しを突き刺してくる。

……彼らも、同じ皇国の民だというのに。

「…わざわざ迎えに来てくれたのか、仁祥《じんしょう》。待たせてしまい、すまなかった」

「勿体無いお言葉にございます。『水晶の君』にお運び頂けるなど、光栄の至り。一族の者どもも待ちわびております」

小さな胸の痛みを覚える瓏蘭とは裏腹に、武官――仁祥に気分を害した様子は無かった。いちいち神経を逆立てていては、気位の高い宮人ばかりの宮城ではとてもやっていけないのだろう。

仁祥たちと瓏蘭…生粋の皇国の民とは、何もかもが違う。瓏蘭がそうであるように、皇国の民は黒髪に黒い瞳、淡い象牙色の肌の者がほとんどだが、仁祥たちの髪は濃淡の差こそあれ、紅茶《ほんちゃ》のように明るい琥珀色《こはくいろ》や亜麻色《あまいろ》で、瞳の色も灰色だったり淡い青だったりと様々だ。肌はやや褐色がかり、平均的な皇国の成人男子よりなお一尺以上高い長身揃いである。

身にまとう衣装も違う。ゆったりした大袖の袍を正装とする皇国の宮人に対し、仁祥たちは丈が短い筒袖の袍に袴《はかま》を穿《は》き、革の長靴《ちょうか》を合わせる活動的な服装だ。腰には剣の他に屋内でも取り回しの利く短弓を装備している。

中原《ちゅうげん》に生まれ育った皇国の民がさげすむ蛮族そのものの姿は、彼らが元々は皇国を守護する長城の外で生き延びてきた一族ゆえである。

――さかのぼること三百年ほど前。当時まだ小さな王国に過ぎなかった皇国は、未曾有《みぞう》の災禍《さいか》に見舞われていた。跋鬼《ばっき》…人を襲い、その肉を喰らうおぞましい異形の軍勢が、どこからともなく出現したのだ。

跋鬼には並大抵の攻撃は通用せず、倒すには首を落とすか、炎で焼き尽くすしかない。人々は武器を取り戦ったが、傷も痛みも恐れない化け物の群れにはなすすべも無く、その数を減らしていった。

逃げ惑う人々を憐れんだ天空の神々の一柱である蒼龍は、天より降臨し、跋鬼どもを大陸の最北方に追いやった。そしてその偉大なる神力を振るい、人々の住まう中原との境に五千里以上にも及ぶ長城を築き上げたのだ。身体能力こそ高いが、知能に劣る跋鬼はこの長城を越えられず、人々はようやく平和を取り戻した。

蒼龍は当時の王に宝珠《ほうじゅ》を授け、天に帰っていったという。この宝珠の霊力が尽きぬ限り、我が力によって築かれた長城が崩れることは無いだろうと言い残して。

宝珠の所有者となった王は生き残った人々に崇《あが》められ、宝珠は王権の証となった。跋鬼によって喰い荒らされた国々は蒼龍に選ばれし王に庇護を求め、やがて大陸の中原全域を支配するに至った王国は、蒼龍の名を戴く皇国へと発展を遂げたのだ。

しかし、全ての人々が長城の恩恵に与れたわけではない。元々北方を住まいとしていた騎馬民族は長城の外側に取り残され、跋鬼の牢獄《ろうごく》と化した北方の草原で生き延びざるを得なかった。

歩き出す前から馬に乗り、馬上で巧みに剣と弓矢を操る彼らは、女子どもに至るまで優れた戦士であった。長城が築かれる前から跋鬼どもと勇敢に戦い、長城の外に取り残された後も遊牧を行いながら戦いを続けていたらしい。

だが、倒しても倒しても起き上がる跋鬼どもには、草原の覇者と謳われた彼らでも敵わなかった。百年ほど前、跋鬼の群れに一族の半数以上が喰い殺されたのをきっかけに、当時の長《おさ》は苦汁の決断を下す。財産と高い戦闘能力と引き換えに、長城の内側に招き入れてくれるよう皇国に懇願したのだ。

跋鬼の後は異民族に悩まされていた皇国にとって、それは願ってもない申し出であった。皇帝は彼らを皇国に迎え入れ、恭順の証に『犲《さい》』の姓を与える。山犬を意味する姓は屈辱でしかなかっただろうが、彼らは文句一つ付けずに受け容れた。

以来、彼ら——犲一族は異民族が攻め寄せてくるたび最前線に駆り出され、戦いを強いられてきた。だが、傷付いて戻った彼らを進んで治療したがる医師など居ない。医術を学ぶ者は大半が富裕な家か貴族の出身であり、彼らは犲一族を忌み嫌っているからだ。…皇国の平和が保たれているのは、彼らのおかげであるにもかかわらず。

「…その呼び方はやめて欲しい。私は、これでも男子だ」

瓏蘭は眉宇を曇らせた。初めに瓏蘭を『水晶の君』などと呼び始めたのは仁祥たち犲一族だが、最近では普段彼らを忌み嫌う宮人までもが真似をするのだから困ったものだ。

透明度の高い水晶は蒼龍が跋鬼に苦しめられる人々を憐れみ、流した涙の結晶といわれる。蒼龍皇国においては金剛石より珍重され、皇族しか身に着けることを許されない宝玉だが、美しい宝玉は清らかな女性にこそ相応しいだろうに。

「むろん存じ上げております。…されど我らは決して、戯れているのではございませぬ。公子が水晶のごとき澄んだ御心をお持ちであられるからこそ、数多の同胞が救われたのですから」

「仁祥……」

「さあ、参りましょう。いつまでも公子を外に立たせていては、長に首を刎ねられてしまいますから」

きゅっと唇を引き結んだ瓏蘭にまたあの犲一族独特の礼をし、仁祥は歩き出した。合図も無いのに素早く動き、瓏蘭の左右を固める配下たちはさすが犲一族だ。瓏蘭は気の進まなそうな従者を促し、仁祥の広い背中を追いかける。

……気を遣わせてしまったな。

長い歴史を誇る皇国には、厳しい身分制度が隅々にまで染み渡っている。ほんの百年あまり前に長城の外から招き入れられた犲一族は、その最下層に位置付けられた。彼らを屈辱的な地位に陥れ、最前線での戦闘を強いた上、満足な治療も施さないのは皇国――そしてその皇国を統べるのは、瓏蘭の伯父に当たる人なのだ。

どうして医師の一人も寄越さないのかと、文句を付けたくもなるだろう。けれど仁祥は…一族をまとめる長さえも、瓏蘭に感謝しこそすれ、不満そうな態度一つ取ったことは無い。

だからこそ、後ろめたくなってしまう。瓏蘭がこうして彼らのもとを訪れるのは、純然たる厚意だけではなく…。

「…公子？　如何されましたか？」

はっと我に返れば、仁祥がいぶかしそうにこちらを見詰めていた。考え事に耽《ふけ》るうちに、中門にたどり着いていたらしい。燃え盛る炎を彫刻した分厚い扉はすでに開かれ、出迎えの犲一族の兵士たちが立ち並んでいる。

「すまない。少し考え事をしていただけだ」

瓏蘭は貴公子らしい笑みを取り繕い、さっさと扉の奥に向かった。体調が優れないのかとでも思われれば、従者が騒ぎ出して面倒なことになってしまう。

「……こ、公子殿下がいらっしゃいました！」

短槍を構えたまま瓏蘭に見惚れていた兵士が、太い声を張り上げる。

いっせいに左胸を打ち付ける兵士たちに軽く手を上げて応じ、瓏蘭は仁祥に先導されて門の中に入った。門といっても宮城を守護する砦たる三門は、いざとなれば数百人の兵が立てこもれるだけの規模と強度を誇る。宮城における犲一族の軍営でもあるこの中門…最近では焔狼門《えんろうもん》とも呼ばれる門の内部も並の貴族の邸よりはるかに広く、二階には宿直の兵たちのための房室まで備えている。

瓏蘭が仁祥たちと共に赴いたのは、一階の奥にある南向きの房室だ。最初は壁で細かく仕切られていたのだが、瓏蘭の要請により取り払われ、門内では一番広く陽当たりの良い空間に変化を遂げた。

薬草の匂いが漂う室内の半分は、ずらりと並ぶ布張りの牀台《しょうだい》に占められている。簡易の寝床にもなるそれらに横たわる者が一人も居ないのを真っ先に確認し、瓏蘭はほうっと息を吐いた。先日、南方に出陣した一隊が帰還したと聞いたので心配していたのだが、幸いにも命に関わるほどの重傷者は出なかったようだ。

先触れを受け、仁祥が呼び寄せておいてくれたのだろう。もう半分の空間には怪我を負った者たちが集い、瓏蘭を待ち受けていた。

「ひ、ひぃっ…」

従者は威圧感に後ずさるが、瓏蘭はくすりと笑ってしまった。瓏蘭より頭一つ以上背の高いむくつけき青年たちが行儀良く一列に並んでいる様は、どこか可愛らしく思えたのだ。棚の上に飾られた早咲きの梅の花も、彼らのせいいっぱいの心尽くしだと思えば微笑ましい。

「皆、待たせてしまってすまなかった。治療を始めよう」

「怪我の一番酷い者からだ。二番目以降の者は、少し離れて並べ」

瓏蘭が用意されていた椅子に腰を下ろすと、押し寄せようとする青年たちを仁祥がてきぱきとさばいてくれる。長の乳兄弟であり、一族屈指の戦士でもある仁祥に逆らう者は居ない。怯えていた従者もどうにか落ち着き、瓏蘭に命じられるがまま薬籠の中身を並べていった。

「…これは…、矢に射られたのか」

最初に進み出た青年の右腕には、肉をえぐられたような傷が刻まれていた。傷口自体は小さいが、時に骨まで達するほど深く、砕けた矢尻が皮膚の中に残ってしまうのが矢傷の厄介なところだ。皮膚の奥が膿《う》めば全身に毒が回り、最悪の場合命を落とすこともある。

加えて、南方の異民族は毒矢を多用するから、かすり傷でも命取りになりうる。これは医学書ではなく、焰狼門を訪問するようになってから実地で学んだことだ。

瓏蘭は青年を床几《しょうぎ》に座らせ、じっくりと傷を見極める。青年が…二番目以降に並ぶ者たちまでもが頬を紅く染め、真剣な横顔に見入っていることも、仁祥が悩ましげな溜息を吐いたことにも気付かずに。

幸い毒矢ではなかったようで、青年の傷口は綺麗なものだった。じかに触れて確かめてみたが、矢尻も残っていない。聞けば、戦闘を終えてすぐ刺さった矢を引き抜き、清水で洗い清め、瓏蘭が渡しておいた傷薬を塗り込んだという。

「それで傷が膿まなかったのか。忙しなかっただろうに、よく適切な処置をしたな」

瓏蘭がねぎらうと、青年は真っ赤になって首を振った。

「と…、とんでもないことで。公子殿下が教えて下さった通りにしただけでございます」

「いくら教えても、実践出来なければ何の意味も無い。そなたが苦しまずに済んで、本当に良かった」

瓏蘭は微笑み、てきぱきと青年の傷口に薬を塗り込むと、持参した傷薬を薬棚に補充しておくよう従者に命じた。以前渡しておいた分はそろそろ底をつくだろうと思い、薬籠に詰めてきたのだ。予想通りだったようで、仁祥がありがたそうに黙礼する。

狛一族は皇国にただ酷使されるばかりではない。その武力を用いてはるか胡《こ》の国々との貿易経路を築き上げ、莫大な利益を得るだけのしたたかさも持っている。この房室の薬棚に収められた数々の貴重な薬種も、貿易によってもたらされたものだ。それらを貴族の子弟に過ぎない瓏蘭に好きなだけ使わせてくれるのだから、狛一族の財力のほどがうかがえる。

だが、いくら銀子《ぎんす》を積もうと、宮城の医師は狛一族のために薬を調合などしない。彼らの顔色をうかがった市井の医師も同様だ。

……陛下が直々にお命じになれば、宮医たちも従うのだろうが……。

先日拝謁した際の伯父のやつれた顔を思い出し、瓏蘭はみずみずしい唇を噛んだ。されるがままの青年の太い腕に清潔な包帯を巻いてやり、毎日傷口を清めるよう助言してから、次の怪我人に取り掛かる。

歩兵が九割を占める皇国軍と違い、馬上での戦いを基本とする狛一族が負う傷は圧倒的に矢傷が多い。手際良く処置を施すうちに、広い房室いっぱいに詰めかけていた怪我人もどんどん減ってゆき、一刻も経てば数人を残すのみとなった。通い始めた頃はもたつくばかりで、あの男にも気を揉ませてしまったものだ。

……そういえば、今日はどうしたのだろう？

多忙を極める男だが、瓏蘭が訪れる日は必ずといっていいほど焰狼門に詰めているのに、今日は気配すら感じない。やはり、あの件で召集がかかったのだろうか。久しぶりに、豊かな張りのある声を聞けると密かに期待していたのだが…。

「――公子殿下」

脳裏に思い浮かべていた声が響いたのは、最後の怪我人に包帯を巻き終えた時だった。

その男が足音もたてずに入ってきた瞬間、草原を渡る涼風が吹き抜けた気がする。いつもそうだ。この男が身を置くのは殺すか殺されるかの戦場なのに、まとう空気はどこまでも清冽《せいれつ》で、血なまぐささなどかけらも感じさせない。

体格に恵まれた犲一族の中でも群を抜く長身は、七尺近くあるだろう。瓏蘭に限らず、たいていの皇国の民は首が痛くなるほど見上げなければ眼差し一つ合わせられまい。

だが、それは幸いというものだ。人には決して媚びない野生の獣を連想させる面立ちはよくよく見れば細工物のように整っているのに、常に抜き身の刃の鋭さを放っている。真冬の空のような灰青色の双眸に射竦められれば子どもは泣き出し、大人でも気弱な者は卒倒してしまうだろう。現に瓏蘭の従者など、今にも失神しそうだ。

巻纓《けんえい》の冠から覗く癖の無い漆黒の髪は、犲一族としては異端の色であるにもかかわらず、偉丈夫ぶりにひとはけの艶を添えていた。筋骨隆々たる体軀を包むのは、四品以上の武官のみに許された緋色《ひいろ》の袍。この男――凱焰が、齢二十四にして犲一族の長の座に在る証だ。

「我が一族のために降臨を賜り、幸甚《こうじん》の至りにございます。水晶のごとく澄んだ慈悲深いお心をお持ちの殿下に、蒼龍の祝福があらんことを」

凱焰は猛獣のようにしなやかな動きで片膝を折り、胸の前で両手の指を組み合わせた。皇国の武官が王族に対して行う、正式な礼だ。それは凱焰が皇国軍人としての官位を有すること、そして両手が塞がっても群がる敵をたやすく倒せるだけの実力の主であることを示している。

「…犲左監。貴殿にも、蒼龍の祝福を」

応えが短くなったのは、ひたと合わせられた灰青の双眸に呑み込まれてしまいそうになったせいだ。この男に見詰められると、どうしても冷静ではいられない。

強い眼差しを突き刺したまま、じり、と凱焔はにじり寄った。

「尊き御身が、犬風情にお気遣いなど無用でございます。どうか、下僕として扱って下さい」

「いや…、私は皇族といえど無官の身だ。皇帝陛下より監門《かんもん》将軍に任じられた者を、軽々に扱うわけにはいかない」

皇国軍に存在する数多の武官のうち、宮城正面を守護する三門の管理と警備を命じられた者を監門将軍と呼び、左右それぞれ一名ずつ置かれる。右監門将軍は右監、左監門将軍なら左監と略称されるのが常だ。

武官の栄達の出発点といわれ、名門貴族の子弟に独占されてきた地位に、凱焔は二年ほど前に命じられた。いや、命じさせたのだ。皇国の領土を削るべく結託し、膨れ上がった南方の異民族の軍勢をたった数百の手勢で壊滅させた功に報いるには、皇帝といえども将軍の地位を賜るしかなかっただろう。

引き換え瓏蘭は皇弟を父に持つ数少ない皇族の一人ではあるが、十八にもなって元服もせず、邸で書物を読み耽ったり医師の真似事をするだけの身だ。こうして宮城に足を踏み入れられるのも、伯父がいつでも参れと許してくれているからに過ぎない。実力で将の位をもぎ取った男を、どうして下僕などと思えようか。

「公子殿下、…ですが…」

凱焔は意志の強そうな眉をわずかに顰め、口にしかけた言葉を呑み込んだ。代わりに息を吐き、体重を感じさせない動作で立ち上がる。

「…無礼を申し上げました。どうぞお許し下さい」

「無礼などと…。…それより左監、今日は珍しい出で立ちだが、何かあったのか？」

何故か失望の色を漂わせる灰青の瞳が居たたまれず、瓏蘭は慌てて話題を変えた。我ながら強引だとは思ったが、気になっていたのは本当だ。

いつ出陣命令が下っても良いよう、普段の凱焔は仁祥たちと同じ筒袖の袍に袴をまとっている。今日のように武官としての正式な衣装を身に着けるのは何かの儀式か、皇帝の御前に召された時くらいだ。臥せりがちな伯父が臣下を召喚することは、最近ではめったに無いのだが——。

「…実は、先ほどまで皇帝陛下の御前に召されておりました」

「伯父う…、…陛下の？」

最もありえない答えに瓏蘭は瞠目《どうもく》するが、驚きはそこでは終わらなかった。瓏蘭より一回り以上大きく武骨な手を、凱焔が恭しく差し出したのだ。

「陛下より、公子殿下を御前にお連れするよう命じられております。私が御供を務めますゆえ、龍《りゅう》玉殿《ぎょくでん》までおいで下さい」

「…な…っ、何を申す！　汚らわしい獣が公子のお供をするなど、許せるわけがなかろう！」

甲高い声を上げたのは、すっかり畏縮していたはずの従者だった。仮にも将の位に在る者に一介の従者が物申すなど、とんでもないことだ。仁祥や残っていた怪我人たちが気色ばむのを感じ、瓏蘭はとっさに目の前の手を取った。

「陛下のご命令ならば是非も無い。連れて行ってくれるか、左監」

「……はっ。何があろうとも、私がお守り申し上げます」

力強く請け負う凱焔の手を借り、瓏蘭は立ち上がった。数多の召使いにかしずかれて育ったが、この男の手は瓏蘭の知る誰とも違う。少しかさついた皮膚は硬くごつごつとして、炎を閉じ込めたかのように熱い。凱焔が少し力を入れれば、瓏蘭の手など容易く砕かれてしまうだろう。

……同じ男子に生まれたというのに、こうも違うものか。

「そなたは先に邸に戻り、陛下のお召しがあったと父上に伝えてくれ」

「…そんな…、殿下をお一人にするわけには参りませぬ。華宵王《かしょうおう》様にも、お叱りを受けてしまいます…！」

かすかな劣等感を嚙み締めながら命じる瓏蘭に、従者は血相を変えて反論する。あの邸で瓏蘭がどのような扱いを受けているか、知らないわけではないだろうに。

「大丈夫だ。私がどうなろうと、父上はお怒りにはならぬ」

「…っ、殿下……」

「先に帰れ。…良いな？」

従者は老いた顔をくしゃりと歪めて頷き、とぼとぼと退出していった。かすかな痛みを感じて見上げれば、凱焔が薄い唇を引き結び、瓏蘭の手を握り締めている。

灰青色の双眸に沈痛な色を見付け、瓏蘭は密かに苦笑した。政とはほとんど関わりの無い犲一族の長にさえ、父の振る舞いは筒抜けなのだ。

「陛下をお待たせするわけにはいかない。参ろうか、左監」

「……承知いたしました」

深く追及せずにいてくれる凱焔の思い遣りと手の温もりが、渇いた心をほんの少しだけ癒やしてくれた。

……初めて出逢った、あの日のように。


瓏蘭が焔狼門を最初に訪れたのは、今から二年ほど前のことだ。十六になったばかりの若造に過ぎぬ瓏蘭とは違い、わずかな手勢で異民族の連合軍を打ち破り、左監門将軍に任じられて間も無い凱焔は、若き勇将として頭角を現し始めていた。

長きにわたり異民族討伐の駒とされ続けた犲一族の者が、正式な官位を賜るのは皇国史上初めてのことだ。喋る獣とさげすんできたのも忘れ、誼《よし》みを通じておこうと擦り寄る貴族も少なくなかったという。

『…わ、儂にこのような仕打ちをしておいて、ただで済むと思うなよ！』

瓏蘭がこっそり焔狼門を訪問した時、ほうほうのていで退散していったのは、そんな貴族の一人だったのだろう。現金にも掌を返した貴族たちを、凱焔はことごとく追い返してしまったと召使いが噂《うわさ》していた。

もしや自分も、彼らの同類だと思われてしまうのではないだろうか。不安にかられ、出直そうかときびすを返しかけ——瓏蘭は動けなくなった。貴族が出て行った門から、見上げるほど長身の武官が姿を現したのだ。

一般兵とほとんど変わらぬ簡素な袍をまとっていたが、この人こそ凱焔だとすぐにわかった。邪魔にならぬよう結い上げられた髪が、皇国の民と同じ漆黒だったからである。

犲一族は金茶や亜麻色といった明るい色の髪を持つ者がほとんどだ。彼らが元々はるか西方から移動してきたのに加え、皇国内では彼らに嫁ぎたがる娘など居らず、国外から連れて来られた娘と婚姻を繰り返した結果である。

しかし、凱焔の母親は皇国の民…それもれっきとした貴族の娘だった。先代の長であった凱焔の父親が没落貴族の娘を多額の支度金と引き換えに娶《めと》り、生まれた子が凱焔なのだ。

母親から黒髪を、父親から灰青の双眸を受け継いだ凱焔は純粋な皇国の民とも犲一族ともいえない微妙な立場だったが、武芸に才を発揮し、戦士たちを従えた。皇帝から官位まで与えられた今、凱焔は押しも押されもしない一族の長だ。

『……貴方は……、姫家の公子殿下……!?』

当代随一の武人は、立ちすくむ瓏蘭に気付くや予想外の行動に出た。ぎらりと灰青の瞳を輝かせ、まるで瓏蘭が逃げてしまうのを恐れるかのような素早さで門外に飛び出し、袴が汚れるのも構わず跪いたのだ。それもただ片膝を折るだけの略礼ではない。両膝をつき、額を大地に擦り付ける——平伏である。

『や…、やめてくれ、左監…！　私などに、そのような真似をしてはならない！』

不安も忘れ、狼狽《ろうばい》したのは瓏蘭だ。将軍の位を与えられた者が平伏すべき相手は、皇帝その人しか存在しない。皇族とはいえ無冠の公子に平伏しているところを目撃されれば、叛意《はんい》を疑われても文句は言えないのに。

『…何を…、何を仰《おお》せになります。尊い公子殿下が、このようなむさ苦しいところに足をお運び下さいましたのに…』

凱焔は跪いたまま視線だけを上げ、灰青の双眸で瓏蘭を捉える。初めて見るはずなのにどこか懐かしいその色に引き込まれそうになり、ふと瓏蘭は疑問を抱いた。対面したばかりなのに、凱焔はどうして瓏蘭が姫家の公子だとわかったのだろう。

『この宮城に仕え、貴方様を存じ上げぬ者など居りません』

優れた用兵家《ようへいか》でもある将軍は瓏蘭の疑問を読み取り、口元をわずかに緩ませた。たったそれだけで、まとう空気はずいぶんと柔らかくなる。

『傷付き病める者には誰であろうと御手を差し伸べられる、水晶の御心をお持ちの公子殿下…』

『あ……』

数千もの異民族を容赦無く滅ぼした武人とは思えぬ和やかな眼差しが、瓏蘭が提げた小型の薬籠に注がれる。居たたまれなくなり、瓏蘭は拳を握り込んだ。自分の行いは凱焔の純粋な称賛に値するようなものではないと、瓏蘭自身がよく知っていたから。

――瓏蘭の父、重徳《じゅうとく》は当代の皇帝龍永《りゅうえい》の同母弟であったが、龍永が皇位に即《つ》いたのを機に姫姓を賜り、臣籍に降った人物だ。華宵王の称号と広大な領地を与えられた重徳のもとには名門貴族出身の美姫、淑蘭が輿入れし、玉のような赤子…瓏蘭を授かった。

龍永の兄弟は重徳しか居らず、当時は一人の皇子も生まれていなかった。数少ない帝位継承者であり、幼いながらも母の美貌をそっくり受け継いだ瓏蘭は両親に愛され、大切に育てられるはずだったのだ――本来ならば。

仁君《じんくん》と称えられる伯父と本当に血が繋がっているのかと疑いたくなるほど、重徳は強欲かつ尊大な男だった。領地の民に重税を課しては遊興に耽り、諫言《かんげん》する臣下を遠ざけ、お気に入りばかりを重用する。

対して母の淑蘭は深窓の姫君でありながら胡国の進んだ医術を学び、誰に対しても分けへだて無く手を差し伸べる慈悲深い女人だった。夫の非道を嘆き、常に横暴なふるまいを戒めようとしていたが、その心は最期まで父に伝わらなかったのだ。

瓏蘭が五歳になってすぐ淑蘭が病死すると、重徳は待っていたとばかりに愛妾の艶梅《えんばい》を迎え入れた。艶梅との間に生まれた異母弟、雄徳《ゆうとく》も一緒だ。雄徳は瓏蘭と一歳しか離れておらず、父が母を早々に裏切っていたことを示していた。

重徳は煙たがっていた妻に姿も気性も生き写しの瓏蘭を忌み嫌い、その反動のように雄徳を溺愛した。商家出身の艶梅は正室にこそなれなかったが、男子を産み、事実上姫家の女主人の座に納まっている。

広く豪奢な邸のどこにも居場所を見付けられなかった瓏蘭は、母が遺してくれた医学書を貪り読んだ。そのうち甥の境遇を知った龍永が宮城に招いてくれるようになると、宮医たちにこっそり教えを請うた。…傷付いた者、病んだ者を助けるすべを得れば、亡き母のように多くの人々に求めてもらえるのではないかと思えたから。

宮城を歩き回り、身分低き官人や兵士たちを治療するうちに、瓏蘭は気が付いた。最下級の官人たちよりもなお酷い扱いを受ける者たち…犲一族の存在に。

たまに見かけるたび、彼らはどこかしら傷を負っていた。自力では歩けず、担架で担ぎ込まれる重傷者を見たこともある。

——あやつらは人の姿を借りた獣です。殿下が気に留められる必要はございません。

何故彼らは放っておかれるのかと問うた瓏蘭に、従者たちはそう口を揃えた。

だが瓏蘭には、彼らが獣も同然の存在だとはどうしても思えなかったのだ。だって犲一族は豊かな皇国を狙う異民族たちから民を守るため、命がけで戦っている。本当に獣なら、他人のために命を危険に晒したりしないはずではないか。

…だから、凱焔が皇都に凱旋《がいせん》を果たして以来ずっと気にかかっていた。華々しい戦果ばかりが喧伝《けんでん》されているが、大勝利を収めたとしても、負傷者は必ず出たはずだ。彼らはきちんと治療を受けられたのだろうか…と。

瓏蘭は正式な医師ではない。多少の傷の手当ては出来ても、瀕死の者を助けてはやれないだろう。犲一族を酷使し続けた皇帝の甥である瓏蘭など、今更何をしに来たのかと追い返されてしまうかもしれない。

それでも、ただ悶々とするよりは行動した方がましだと思い、この日とうとう焔狼門を訪れたのだ。

…こんなことになるなんて、予想もせずに。

『…頼む、犲左監。どうか顔を上げてくれ』

瓏蘭は震える声音で懇願するが、凱焔はいつまで経っても応えを返さず、ただひたすら瓏蘭を見上げている。砂漠で行き倒れかけた旅人が、ようやく水にありついたかのように。

『……左監。犲左監？』

再び呼びかければ、灰青色の双眸がくわっと見開かれた。うっすら開いた唇は小刻みに震え、はっはっと浅い呼吸が漏れ始める。皇国の民より少し濃い色の頬が、みるまに赤く染まっていく。

……まさか、発熱か⁉

怪我をしているようには見えないが、袍の下に傷があるのかもしれない。傷口が膿めば高い熱が出るし、負傷せずとも、戦場から帰還した兵は心身の調子を崩しやすいと母の医学書に記されていた。凱焔も戦場での緊張と慣れぬ貴族の相手で鬱憤が重なり、身体が限界に達してしまったのかもしれない。

『犲左監、気を確かに持て……！』

瓏蘭は薬籠を地面に置き、ぷるぷると小刻みに震え続ける凱焔のかたわらにしゃがみ込んだ。その額に触れ、熱を測ろうとした寸前で、焦った声がかけられる。

『…お待ちを、公子殿下！』

一つに結わえた亜麻色の髪をなびかせ、開けっ放しの扉から飛び出してきたのは、実直そうな顔立ちの青年だった。凱焔と同じ犲一族の者だろう。

青年は凱焔の隣に跪き、左胸を打ち付ける不思議な礼をする。

『御前を汚す無礼をお許し下さい。私は犲一族に連なる者にて、仁祥と申します。左監の扶翼《ふよく》を拝命しております』

扶翼とは、高位の武官が私的に雇用する補佐役のことだ。その者の行いの責任は全て任命者たる武官が負うことになるから、仁祥は凱焔から深い信頼を受けているのだろう。

『あ、ああ…。…仁祥、左監は大丈夫なのか？　ただ話していただけなのに、突然このような有り様に…』

『ご心配には及びません。…感激しすぎて、頭が回らなくなっているだけですから』

失礼、と言い置き、仁祥は凱焔の巌《いわお》のごとく逞《たくま》しい肩を摑んだ。呆気に取られる瓏蘭をよそに、がくがくと揺さぶり始める。

『しっかりして下さい、長！　公子殿下に呆れられてしまいますよ！』

『…こ…、公子殿下？』

熱に蕩けていた灰青の双眸が、はっと焦点を結んだ。唇をわななかせながら、凱焔はぎくしゃくと仁祥を振り向く。

『じ、仁祥…、俺は夢を見ていたのか……？　殿下が、公子殿下がおいでになり、俺を……、俺を、犲左監と、お呼びになって……』

『落ち着いて下さい。それは夢ではありません。公子殿下はちゃんとそこにいらっしゃいます』

ぎぎっと音がしそうな仕草で瓏蘭を振り仰いだ凱焔の顔面が、朱でもぶちまけたように紅く染まった。息を呑む瓏蘭に、凱焔は恐る恐る問いかけてくる。

『…公子…、殿下…？　本当に、夢ではない…？』

『そ…、そうだ。これは夢などではない。現実だぞ』

戦場の勇者が寄る辺の無い幼子のように見え、瓏蘭は凱焔の手にそっと触れた。硬い感触と火傷しそうな熱を感じた瞬間、あああっ、と仁祥が悲痛な声を上げる。その意味を理解したのは、凱焔の巨躯がぐらりと揺れた後だった。

『殿下が…、殿下が、殿下が俺に…、俺に……』

うっとり微笑んだまま、凱焔は至福の表情で倒れ伏したのだ。

「ふふ……」

龍玉殿に向かう道すがら、瓏蘭が漏らした小さな笑いを、耳聡い将軍は聞き逃さなかった。冠の纓《えい》を揺らし、小さく首を傾げる。

「…殿下。如何なさいましたか?」

「初めて焰狼門を訪れた日のことを思い出していたのだ。あの頃は、左監と並んで歩けるようになるとは予想もしなかった」

「……お恥ずかしい限りにございます」

今でこそこうして言葉を交わすことも出来るが、対面したばかりの頃は大変だった。何せ瓏蘭が姿を現すだけで凱焰はかちこちに固まり、犲左監と呼べば真っ赤になって卒倒してしまうのだから。

『その…、長は変た、…いえ、殿下の慈悲深いお振る舞いにかねてから深く感銘を受けておりまして…。崇拝する殿下がお姿を現されたばかりか、名を呼んで下さったので、歓喜のあまり精神が焼き切れてしまったのではないかと…』

初めて凱焰と出会ったあの日、倒れてしまった凱焰を前に、仁祥はしどろもどろに説明してくれた。病ではないそうなので安堵したのに、意識を取り戻した凱焰が瓏蘭を目にするや再び卒倒しかけ、瓏蘭は大いに慌てたものだ。

結局、瓏蘭が訪問の目的をきちんと告げられたのは、凱焰と遭遇してからゆうに一刻以上後のことだった。

『何とお優しい、慈愛に満ちた仰せか…。まことに殿下は、水晶のお心をお持ちであられる…』

どうにか意識を飛ばさず話せるようになった凱焔は、犲一族を治療させて欲しいという瓏蘭の申し出に、灰青の瞳を潤ませながら頷いてくれた。そればかりか、焔狼門の一画を治療用の房室に改装し、大量の薬種まで提供してくれたのだ。中には西方の果てから砂漠を越えて持ち込まれた、瓏蘭すら書物でしかお目にかかったことの無いものまで交じっており、調合する手が震えたのを覚えている。

たびたび焔狼門に出入りするうちに、凱焔は少しずつ瓏蘭に慣れてゆき、半年も経てば最初から平常心を保ったまま会話出来るようになった。今や当たり前のように手を借りたり、並んで歩いたりしているが、二年前を思い出すと笑いがこみ上げてしまう。…邸ではほとんど笑う機会など無いから、よけいに。

「――山犬めが。獣の分際で水晶の君のお傍に侍るとは、思い上がりも甚だしい」

聞こえよがしの悪口に、瓏蘭は柳眉を寄せた。文官たちが朱柱の陰に潜み、かざした象牙の笏《しゃく》の陰でいやらしい笑みを交わしている。

「血の匂いに酔うておるのであろう。何せつい先日まで、蛮族どもを喰い殺していたのだから」

「皇国軍は跋鬼どもを討伐せんと、勇ましく出陣したというのに…」

「未だ北方に跋鬼がのさばっておるのは、山犬どもが尻尾を巻いて逃げ出したせいではないか。どうせ獣も同然の身なら、跋鬼どもに喰われておけば良かったものを…」

……何を言っているのだ、この者たちは……！

憤りのまま詰め寄ろうとした瓏蘭の前に、凱焔がすっと立ちはだかった。

「いけません、殿下」

「あの慮外者たちに、好きに囀《さえず》らせておけというのか？　皇国軍も貴殿ら犲一族も、民を守るために戦うのは変わらない。…ただ、討伐するのが跋鬼か蛮族かの違いだけではないか」

瓏蘭が唇を嚙み締めると、凱焰は眩しいものでも見詰めるように灰青の双眸を細めた。酷い侮辱を受けているのに、その表情はどこまでも穏やかだ。

「殿下がそう仰って下さるだけで、我らは満足です」

「しかし…」

「他人の足をすくうしか能の無い鼠《ねずみ》にいくら鳴き声を聞かされようと、腹など立ちません。…殿下のお心を悩ませたことは、万死に値しますが」

凱焰が身体ごと振り返ったとたん、笑いさざめいていた文官たちはさっと青ざめ、その手から滑り落ちた笏も拾わずに遁走《とんそう》した。いや、彼らだけではない。ことのなりゆきを面白そうに見物していた宮人たちまでもが、蜘蛛《くも》の子を散らすかのように逃げ去っていく。

「……左監？」

「参りましょう、殿下。いつまでもこのような場所にいらしては、清らかなお耳が穢れてしまいます」

こちらを向き直った凱焰は、さっきと同じ穏やかな笑みを浮かべている。この男のどこが、逃げ出すほど恐ろしいのだろうか。疑問に首を傾げつつも、瓏蘭は促されるがまま回廊を渡っていった。

小さな街がすっぽり入るほどの大きさを誇る宮城は、大まかに二つの領域に分かれる。政庁の建ち並ぶ外延と、堅牢な門を隔てた奥に広がる内延——皇帝の住まいと、数多の妃が妍《けん》を競う後宮だ。

……それにしても、龍玉殿か。

嫌な予感が背筋を這い上ってくる。これまで伯父の龍永が瓏蘭を招いてきたのは、決まって内延の蒼龍宮だった。皇帝と世継ぎが住まう私的な宮に招くことで、家族も同然に扱ってくれていたのである。本当の家族に冷遇され続けた瓏蘭には、この上無くありがたい恩情だった。

だが龍玉殿は外延の中央に位置し、皇帝が政務を執り行う最も格の高い殿舎だ。ここに呼び出されたということは、龍永が伯父ではなく皇帝として瓏蘭を召喚したことを意味する。仮にも将軍位に在る凱焰に、使者の真似事までさせて…。

……何かがあったのだ。官位も無い私を召し出さなければならないほどの、何かが。

跋鬼──かつて大陸を滅ぼしかけた異形の化け物が、真っ先に思い浮かんだ。

二月《ふたつき》ほど前、三百年にもわたって人々を守ってきた長城にほころびが発見され、伯父の皇帝龍永は工部に修繕を命じた。その矢先だ。跋鬼の群れがほころびから押し寄せてきたのは。

皇国軍を統率する大将軍は急遽討伐隊を編成し、長城の外に広がる草原へ出陣させた。だが皇国最強を自負する彼らは、一人として生きて帰らなかったのだ。跋鬼どもの退いた隙を突いて偵察隊を出動させたが、亡骸一つ見付からなかったという。

彼らは跋鬼に一人残らず倒され、亡骸も貪り喰われてしまったに違いない。民は震え上がり、南方や西方に一族ぐるみで避難する者たちまで出始めた。今やおとぎ話になりつつあった化け物が、現実の脅威となって牙を剝いたのだ。

皇国にとって、跋鬼から人々を守護するのは蒼龍より授けられた使命である。伯父の皇帝龍永は禁軍も含めた皇国軍全体から精鋭を選りすぐり、新たな討伐隊を組織させた。皇帝の身辺警護を担う禁軍の兵士まで討伐隊に組み込まれたところに、人々は皇帝の本気を見て取っただろう。

なお、犲一族は一人も討伐隊に加わっていない。常に異民族の征伐《せいばつ》に駆り出されているのもあるが、彼らは『皇国軍』に含まれないからだ。皇国の正式な武官は左監門将軍となった凱焔ただ一人であり、他の一族の兵士たちは凱焔の私的な部下という位置付けである。

盛大な儀式を経て、新生討伐隊が皇都を出陣したのは半月前のことだが、瓏蘭の知る限り戦況は一度も皇都にもたらされていない。長い平和に慣れきった宮人たちは――父の重徳も含め――無沙汰は無事の便りだと決め付け、討伐隊の勝利を信じて疑わないが、瓏蘭は彼らほど楽観的にはなれなかった。

最初と同様、討伐隊の兵士全員が跋鬼に喰われてしまったとしたら、皇都に戦況を報せる者など居るわけがない。報告があったとしても、あまりに絶望的な内容であったがゆえに伏せられているかもしれないのだ。

……伯父上…いや、陛下が私などをお召しになったのは、もしや…三度目の討伐隊を出陣させるおつもりなのかもしれない。

一度ならず二度までも、それも恃《たの》みの禁軍をも喰われてしまったのなら、龍永は皇国の威信を賭けて跋鬼どもを討伐しなければならない。その討伐隊を率いるのは臣下ではなく、皇族でなければならないだろう。

子に恵まれなかった龍永には皇子が一人しか居らず、瓏蘭の従弟に当たるその皇子は未だ八歳と幼い。肥満体型のせいで馬に乗れない父の重徳では、形ばかりの指揮官も務まるまい。

ならば帝位継承者の一人であり、姫家の嫡男である瓏蘭が討伐隊の長に命じられるのは自然の流れだった。武術より医学を学んできた瓏蘭は兵士としても将としても優れているとはいえないが、皇族が跋鬼の討伐に当たるという事実が重要なのだ。

……私も皇族の端くれだ。いかなるご命令であろうと従わなければならぬ。

数少ない皇族男子だからという使命感よりは、伯父に恩返しをしたいという気持ちの方が大きい。実の父親に疎んじられる瓏蘭を龍永は憐れみ、ひんぱんに呼び寄せては慈しんでくれた。母の死後、瓏蘭に肉親の愛情を与えてくれたのは龍永なのだ。

何度も深呼吸を繰り返しながら凱焔と共に龍玉殿の奥へ進み――瓏蘭は澄んだ瞳を見開いた。九頭の龍が彫り上げられた絢爛豪華《けんらんごうか》な玉座に座る龍永と、その脇に佇む侍郎《じろう》。玉座の間で待ち受けていたのは、たった二人だけだったからだ。

皇帝の謁見には、宰相や大将軍を始め、玉座の間を埋め尽くすほどの臣下が同席するのが普通である。侍郎は皇帝の身の回りの世話役に過ぎないから、実質上、皇帝一人だけも同然だ。

「……瓏蘭、犲左監。前に進むが良い」

蒼龍の刺繍《ししゅう》が施された玄衣《げんい》と緋裳《ひしょう》で正装した龍永に促され、瓏蘭は慌てて従った。普段の気さくさを追いやり、皇帝の威厳をまとった伯父の前にひざまずく。

「華宵王が嫡子、瓏蘭。お召しにより参上いたしました」

名乗りを上げる瓏蘭の斜め後ろで、凱焔は無言のまま平伏している。使者の役割は果たしたのだから下がるべきはずなのだが、どういうわけか、侍郎も伯父も咎《とが》めようとはしない。

「大儀である」

短く応じる龍永の顔色は、先月召された時よりも明らかに悪かった。生来病弱なのに加え、跋鬼の襲来以降増す一方の重圧が、心身に著しい負担をかけているのだろう。

「……瓏蘭よ。皇国軍が長城の外に打って出たことは、そなたも知っていような」

「むろんにございます」

「うむ。…これより申し伝えることは秘中の秘。外に漏らせば、そなたといえども命をもって償わなければならぬと心せよ」

「は…、承知いたしました」

ここまで言う以上、戦況は相当悪いのだろう。改めて覚悟を決めた瓏蘭だが、龍永が語り始めた話は予想をはるかに上回っていた。…二度目の討伐隊もまた、全滅したというのだ。

最初の討伐隊の轍《てつ》を踏むまいと、二度目の討伐隊は四分の一を後続隊とし、長城に置いて出撃した。万が一劣勢になった場合、即座に皇都から応援を呼ぶためだ。先発した部隊からは後続隊に定期的に伝令を出し、戦況を報告する決まりだった。

しかし定刻になっても伝令はいっこうに訪れず、後続隊の隊長は熟慮の末、先発隊の捜索を開始した。三百年も長城によって閉ざされていた広大な草原は、跋鬼が居らずとも、野生の肉食獣がうろつく危険な世界だ。跋鬼討伐には成功したが、どこかで遭難している可能性もあった。

だが、いくら探し回っても先発隊の姿はどこにも無く、後続隊は長城に引き返した。その途中で、跋鬼の群れに襲撃されたのだ。

「…後続隊は奮戦したが、倍以上の数の跋鬼どもには敵わず、次々と喰われていったという。長城に常駐する守備隊から、未だ先発隊帰還の報せは入っておらぬ。彼らもまた、跋鬼どもに喰われたと判断すべきであろう」

「陛下……、一つ、お尋ね申し上げてもよろしいでしょうか」

皇帝の話をさえぎるなど非礼極まりないが、龍永は許してくれた。瓏蘭はごくりと唾を飲み下し、問いを重ねる。

「後続隊の兵までもが跋鬼に喰われてしまったのなら、一体誰が彼らの悲運を守備隊に伝えたのでしょうか」

「…たった一人、命からがら生き延びた兵が居ったのだ。その者は奇跡的に軽傷だったが、守備隊に朋輩《ほうばい》の最期を報せた後、自ら喉を突いて果てた」

救いようの無い結末に、瓏蘭は唇を噛んだ。せっかく助かった命を、何故自ら絶ったりするのか。医術を学んだ者としては口惜しくもなるが、目の前で朋輩たちが跋鬼の餌となった時、その兵士の心は壊れてしまったのだろう。それでも彼が最期の力を振り絞ってくれたからこそ、瓏蘭たちはこうして対策を練ることが出来るのだ。

「蒼龍より宝珠を賜りし王の末裔、皇帝として、余はいかなる手段を用いてでも跋鬼どもから皇国を守らなければならぬ。…それは瓏蘭、そなたも同じこと」

「仰せの通りにございます、陛下。非才の身ではありますが、皇族男子の一人として、いかなるご命令にも従うつもりでおります」

瓏蘭は断言した。やはり自分は新たな討伐隊の指揮官に命じられるため、ここに呼ばれたのだ。死地に赴くも同然だと思うと背筋が寒くなるが、皇族の誇りにかけても恐怖を面《おもて》に出すわけにはいかない。

龍永は甥をどこか痛ましそうに見詰め…やがて、重々しく命令を下した。

「姫瓏蘭に命ず。左監門将軍、犲凱焔の一夜限りの花嫁となれ」

「は、……はぁっ？」

諾々《だくだく》と下げかけた頭を、瓏蘭はがばりと上げた。…自分の耳は、おかしくなってしまったのだろうか。もしくは、夢でも見ているのか。そうでもなければありえない。男子である自分が、凱焔の…それも一夜限りの花嫁になれと命じられるなんて。

「……そなたに無理を強いていることは、重々承知しておる」

助けを求めて見上げれば、龍永は血色の悪い唇を歪めた。この命令は、決して伯父の本意ではないのだ。だが噴き出た汗を体内に戻せないように、皇帝が一度下した命令を取り消すことは出来ない。

「されど、どうあっても従ってもらわねばならぬ。左監はそなたを一夜の花嫁とすることと引き換えに、跋鬼誅滅《ちゆうめつ》の任を受けた」

「……っ⁉」

皇帝の御前であるのも忘れ、瓏蘭はばっと背後を振り向いた。わなわなと震える拳をきつく握り締め、平伏したままの凱焔ににじり寄る。

「…左監…、そなた、わかっているのか？」

これまでに二度出陣した部隊は、あくまで『討伐』隊だ。跋鬼どもに群がられては不可能だったとしても、戦況が不利だと判断すれば、軍紀上撤退も許されていた。後続隊の生き残りの兵士が、長城まで逃げ帰ったように。

だが誅滅とは、皇国に仇なす者を皇帝の名のもとに討ち滅ぼすことだ。皇帝の威信にかけ、対象を滅するまでは皇都に帰還出来ず、撤退も許されない。はるか西方の王国をたった一人で誅滅せよと命じられ、実質上の流刑とされた将軍も存在する。

今回の場合、凱焔は一度出陣すれば、跋鬼どもを…少なくとも長城のほころびから侵入してきた群れを全滅させない限り、帰還も一時撤退も許されないだろう。無人の草原で、絶望的な戦いを強いられることになる。

犲凱焰ともあろう男が——その程度、わからぬはずがないのに…！

「…むろん、承知しております。跋鬼どもが伝え聞くよりずっと手強いであろうことも、奴らのはらわたが私の棺《ひつぎ》になるかもしれないことも」

おもむろに上げられた顔は、死を決意したとは思えないほど和やかだった。捨て鉢になっているのでも、諦めの境地に達してしまったのでもない。灰青の双眸の奥には、得体の知れない光がちらついている。

……あれは、何だ？

「な…、…ならば、何故…」

血塗れの山犬。人の言葉を喋る獣。悪意に満ちた噂とは裏腹に、凱焰は常に泰然として理知的な…少々人の悪い言い方をするのなら、良く躾けられた猟犬のような男だと思っていた。敵に牙を剝いても、人間には決して逆らわない従順な存在だと。

——今までは。

「……貴方が、欲しいからです」

情欲にかすれた告白は不可視の矢となり、瓏蘭の四肢を射貫いた。胸の疼きと共に、瓏蘭は理解する。…断じて、この男は人間に飼い馴らされる山犬などではない。忠実に見せかけて、隙あらば鎖を引きちぎり、飼い主の喉笛に嚙み付く狼だ。

「たった一夜でも、貴方を我が腕に抱けるなら……この命など、化け物に喰わせてやっても惜しくない。そう考えたからです」

緋色の袂を炎のごとく揺らめかせ、凱焔は片膝立ちの体勢を取った。一切の感情をうかがわせない侍郎も、玉座の皇帝さえも灰青の瞳には映っていまい。自分だけに注がれる熱を帯びた眼差しが、瓏蘭の心をかき乱す。

……私を、抱くために？　そんなことのために、この男は帰れぬ戦に赴こうというのか？

この二年、焔狼門を訪れるたび顔を合わせ、何度も言葉を交わしてきた。伯父と従弟を除けば、瓏蘭が最も濃密に関わってきたのは間違い無くこの男だろう。実家に身の置きどころの無い瓏蘭にとって、焔狼門は逃げ場の一つでもあった。

しかし、命を捨てても惜しくないほど思われる覚えなど無い。亡き母親譲りの容姿を称えられはしても、瓏蘭はれっきとした男である。王侯貴族の中には見目良い男を囲う者も確かに存在するが、あくまで側室か妾としてだ。跡継ぎを儲けるため、正室…花嫁には必ず子の産める女を迎える。

凱焔とて例外ではない。次代の犲一族の長を得るべく、妻を娶らなければならぬ身だ。今の凱焔は左監門将軍の地位に在り、これからもじゅうぶん出世が見込める。犲一族であっても、娘を嫁がせたい貴族はいるだろう。いや、凱焔の男ぶりに惹かれ、自ら花嫁になりたいと望む娘も居るかもしれない。

…なのに、容易く得られるはずの妻に目もくれず、どうして身分くらいしか取り柄の無い瓏蘭を求める？

「……左監。そなたは退出し、花嫁を迎える準備に取り掛かるが良い」

龍永が声をかけたのは、混乱しきった甥を見兼ねてのことだろう。凱焔は瓏蘭から名残惜しそうに視線を外し、玉座に一礼する。

「承知仕りました。犲一族の名に賭けて、公子殿下をお迎えするに相応しい支度を整えてご覧に入れまする」

すっくと立ち上がった瞬間、気を緩めかけていた瓏蘭を灰青の双眸が貫いた。ああ、と瓏蘭は理解する。力強い眼差しの奥で勢いを増すばかりの光、あれは。

……あれは、炎だ。私を搦《から》めとり、焼き尽くす……。

「…すまぬ、瓏蘭」

間近で聞こえた伯父の声にはっと我に返れば、凱焔の姿はすでに無く、代わりに龍永が瓏蘭の肩に手をかけていた。瓏蘭が呆然としている間に、わざわざ玉座から降りてきたのだ。

「へ…、陛下…っ！　いけません、このような…」

「構わぬ。国のため、そなたの誇りを犠牲にするのだ。余もせめて恨み言なり何なりぶつけられなければ、不公平というものであろう」

皺《しわ》の寄った目元を和らげる龍永は、皇帝ではなく優しい伯父の顔をしていた。侍郎以外の臣下を全て排除したのは、瓏蘭に恥をかかせたくなかっただけではなく、こうして肉親の会話を交わすためでもあったのだろう。

そういう人だからこそ、瓏蘭は何でもしてやりたくなるのだ。父の重徳は龍永が優柔不断だとしょっちゅう不満を零すが、乱世ならともかく、今の世に必要なのは龍永の寛大さだと思う。

「…私は皇族であると同時に陛下の臣です。恨み言など、あろうはずがございません」

「瓏蘭……」

「ですが、一つだけお教え下さい。…一体何故、左監が…犲一族が跋鬼誅滅に赴くことになったのでしょうか？」

本来ならば、三度目の討伐隊も皇国軍から編成され、瓏蘭がその名目上の指揮官に命じられるはずだ。跋鬼討伐を使命とする皇国軍が獣とさげすまれる犲一族に戦いを任せ、自分たちは長城の内側にこもるなどあってはならないのに。

「…二日前、余は校尉以上の武官を龍玉殿に召して告げた。地位も女も財宝でも、望み通りの褒美を与える。我こそは跋鬼を討ち果たさんと思う者は名乗り出よ、と」

校尉とは将軍やその次席に当たる郎将の補佐を務める将官のことで、ほぼ全員が貴族の子弟である。例外は凱焔くらいだろう。

一定以上の地位の武官は皆、二度目の討伐隊の全滅を知っている。その場で名乗り出る者は居らず、龍永は二日の猶予を与えることにしたのだが——。

普段決して荒らげられることの無い龍永の声音に、隠しきれない苛立ちが滲む。

「二日後の今日、余の前に現れたのは犲左監ただ一人だけであった。他の者は突如病を得て領地に引きこもったり、親の病を理由に位を返上したり…ふふ、余の知らぬうちに、我が国には病が蔓延《まんえん》していたようだ。怯懦《きょうだ》という病がな」

「……っ…」

「そして跋鬼誅滅と引き換えに、左監はそなたを…姫家の瓏蘭を望んだ。たった一夜で良い、我が花嫁として迎えたいと」

可愛がってきた甥を男の花嫁にするなど、龍永個人としては撥ね付けてしまいたかっただろう。だが皇帝としての龍永は前言を翻すわけにはいかず、こうして瓏蘭を召し出した…。

……何ということだ……。

瓏蘭は血の気の引いた唇を掌で覆った。

民を守るために特権を与えられた武官が命惜しさに逃亡するなど、断じて許されない。天空に坐す蒼龍は、かつて救った人間たちの堕落ぶりを嘆いているだろう。ましてやその卑怯者たちの尻拭いをするのが、凱焰だなんて。

『たった一夜でも、貴方を我が腕に抱けるなら……この命など、化け物に喰わせてやっても惜しくない』

燃え盛る炎を宿すあの男が、跋鬼に喰われて死ぬなんて――。

「花嫁と申しても、あくまで一夜限りのこと。そなたの将来には差し障らぬと、我が名において約束しよう。…重徳めにも、決して口出しはさせぬ」

「…、陛下……」

龍永の顔色が冴えないのは、弟の気性を知り尽くしているせいだろう。重徳は昔から忌み嫌っていた亡き正室の忘れ形見ではなく、溺愛する次男の雄徳を世継ぎに据えたがっていた。瓏蘭が凱焰の花嫁になると知ればどんな行動に出るか、瓏蘭とて容易に想像がつく。

だが、もはや引き返すことは出来ない。龍永も瓏蘭も……凱焰も。こうしている間にも、跋鬼どもは長城に押し寄せつつあるのだから。

「…ご案じ召されますな、陛下。この瓏蘭、皇族として陛下の臣として、見事に務めを果たしてみせまする」

くずおれそうになる身体を叱咤し、瓏蘭は気丈に微笑んだ。やつれた伯父の目尻に光る涙は、見なかったことにして。

龍永の計らいで輿を仕立てて帰宅すると、邸の門前には巨大な荷車がいくつも横付けされていた。浅黒い肌の男たちが忙しなく動き回り、積み荷を邸内に運び込んでいく。飛び交う言葉は皇国語ばかりではなく、聞き慣れない異国のそれも交じり、まるで国境の市場に迷い込んでしまったかのようだ。

「…な…、何だ…？」

「――瓏蘭！　やっと帰ったか！」

見覚えのある長身の青年に喰ってかかっていた父の重徳が、どすどすと足音も荒く近付いてきた。長年の暴飲暴食がたたって肥え太り、豪奢な金襴の袍は突き出た腹で今にもはち切れんばかりである。瓏蘭と重徳が実の親子だと、初対面で見抜けた者は皆無だ。痩せ型の龍永ともまるで似ておらず、瓏蘭の祖母に当たる皇太后が不貞を疑われたというのも無理は無い。

「父上、これは…」

「兄上から使者が参ったぞ。仮にも姫家の嫡子でありながら、あの獣どもの長の慰み者になるとはどういうつもりだ!?」

がなりたてる重徳は、好奇も露わに聞き耳を立てる召使いたちなど視界に入ってもいないのだろう。龍永が瓏蘭の帰宅より前に使者を遣わしたのは、短慮な重徳に心構えをさせ、なるべく人の口に上らぬよう対処させるためだったというのに。この分では、召使いたちから他家に瓏蘭と凱焔の一件が吹聴されることは避けられまい。

こういう浅はかな気性の主だからこそ、重徳は現皇帝ただ一人の同母弟でありながら公の官職を与えられないのだ。めまいを覚えながら、瓏蘭は怒りで真っ赤になった父を宥めにかかる。

「お慎み下さい、父上。使者の話をきちんと聞かれなかったのですか？　私は慰み者などではありません。れっきとした花嫁として望まれたのです。非公式ではありますが、これは陛下もお認めになったこと。父上といえど、口を挟めば謀反を疑われましょう」

「ぐ…、ぬぬ……」

「それから、訂正して下さい。犲一族は私たちと同じ皇国の民であり、犲左監は陛下より正式に官位を授けられた武官です。獣ではありえない」

「…う、…うるさいうるさいっ！」

龍永の名を持ち出されては反論も出来ず、屈辱に震えていた重徳が、とうとう怒りを爆発させた。持っていた扇子をへし折り、苛々と床に叩き付ける。

「お前は顔ばかりでなく、申すことまでいちいち淑蘭にそっくりじゃ。尊い皇族、華宵王たるこの儂に、偉そうな口を叩きおって…兄上たちの身に何かあれば、儂こそが皇帝となるのだぞ！」

「…父上…」

「ええい、父などと呼ぶな。虫唾が走るわ！」

心がすっと冷えていくのを感じ、瓏蘭は俯いた。

男でありながら、同じ男の花嫁に望まれる。理不尽な命を受けた息子を父が少しは憐れんでくれるのではないかと、どこかで期待してしまっていたようだ。…そんなこと、あるわけがなかったのに。

「――父上！」

門の奥からひょこりと姿を現したのは、異母弟の雄徳だ。重徳を瘦せさせて若返らせれば、雄徳になるだろう。瓏蘭と違い父親そっくりな異母弟を、重徳は満面の笑みで迎える。

「おお、雄徳。もう剣の鍛錬は済んだのか？」

「はい。ますます上達していると、師に誉められました。これなら禁軍の武官にも引けを取らぬであろうと」

「そうかそうか！　男子たる者、何より強くあらねばな。役にも立たぬ知識ばかり身に付け、下賤な獣どもに慈悲を垂れるなど、万民の上に立つべき皇族のすることではないわ。お前のような武者が皇太子となれば、民はさぞ喜ぶであろうになあ」

上機嫌な父に誉めそやされ、雄徳は肩をそびやかした。無言のままの瓏蘭に、得意気な笑みを向ける。

「聞きましたよ、兄上。山犬の囲い者に望まれ、抗いもせずに従われたそうですね。……我が兄ながら何とも情けない」

「……」

「我らは数少ない皇族。陛下と皇太子殿下に何事かあらば、皇国を治める立場です。兄上が毅然と拒絶されれば、あの気弱な陛下なら無理強いはお出来にならなかったでしょうに」

父に溺愛される異母弟は父の口癖を勝ち誇ったようになぞるが、正確にいえば雄徳自身は皇族ではない。皇族に含まれるのは皇帝の両親と子、兄弟及びその嫡子であり、嫡子とは正室の子息のみを指すからだ。

雄徳を産んだ艶梅は商家の出身で、いかに重徳が望んでも皇族の正室にはなれなかった。名門貴族の養女になればあるいは可能だったかもしれないが、どの家も名乗り出なかったところに重徳の人望の無さが垣間見える。

「雄徳、お前は…」

瓏蘭は柳眉を顰めた。瓏蘭自身への悪口雑言なら慣れているからいくらでも聞き流せるが、龍永を愚弄されて黙っているわけにはいかない。

「殿、雄徳。こちらにおいででしたの」

たしなめようと口を開きかけた時、華やかに装った女人が裳裾《もすそ》をさばきながら現れた。雄徳の生母、艶梅だ。皇族たる父の心を捕らえた往年の美貌はさすがに衰えつつあるが、なまめかしい目元や肉感的な肢体にその名残をじゅうぶん留めている。

「実家の兄が参上しましたので、呼びに参りましたのよ。……あら、瓏蘭様」

艶梅は青黛《せいたい》に縁取られた瞳をわざとらしく見開き、扇子をぱちりと鳴らした。

「お帰りになっていらっしゃいましたのね。ご挨拶もせず失礼をいたしました」

「これに礼を尽くす必要など無いぞ、艶梅。そなたは我が妻、儂が帝位に即いたなら皇后として後宮に君臨する身なのだからな」

重徳が鷹揚に言うと、艶梅は嬉しそうに微笑み、夫の腕に豊満な胸を押し付けた。脂下がる重徳の横で、雄徳が弾んだ声を上げる。

「伯父上は、私が頼んでおいた宝剣を持って来て下さったのでは？」

「ええ、雄徳。他に西域渡りの薄絹や象牙細工、香木に宝石も…どれもこれも見事なものばかりで、目移りしてしまいますの。一緒に選んで下さいますか、殿？」

妖艶な流し目に、重徳は一も二も無く頷いた。

艶梅の兄は皇国内を巡って日用品を売り歩く行商人だったが、妹が皇族の側室になったことで急速に事業を拡大し、今や皇都一の貿易商だ。たびたび姫家の邸を訪れては、富裕な王侯貴族しか手の届かない高価な品々を売り付けていく。

「よしよし。この儂が、二人に相応しい一流の品を選んでやるからな」

側室の腰を抱き、可愛い息子と談笑しながら奥殿に引き上げていく重徳は、瓏蘭に下された勅令などすっかり忘れてしまったのだろう。

もはや呼び止める気にもなれない瓏蘭に、さっき父に喰ってかかられていた長身の青年が頭を下げた。見覚えがあると思ったのも道理で、よくよく見れば仁祥だ。父との情けないやりとりは、全て聞かれてしまっただろう。

「申し訳ありません、殿下。盗み聞きをするつもりは無かったのですが…」

「構わない。下手に動いて父に目を付けられれば、惨いことになったかもしれないから」

短気な重徳は召使いたちのちょっとした手違いすら許さない。茶を零しただけで鞭を打たせ、笑い方が気に入らないという理由で邸を追い出すような男なのだ。犲一族の仁祥など、どんな目に遭わされることか。

「そんなことより、この荷物を運んで参ったのはそなたか？」

荷解きを続ける男たちを見回しながら尋ねると、仁祥はさっと表情を引き締め、左胸を打ち付けた。

「はっ。我が主、犲凱焔の命により、彩礼《さいれい》の品をお届けに上がりました」

「…彩礼の品、だと？」

瓏蘭は目を丸くした。彩礼とは男が花嫁を娶るに当たり、花嫁の実家に納める品のことだ。特に決まりは無いが、男は財力の許す限りの財宝を贈って己の度量と財力を示す。貧しい庶民の男には、この彩礼を用意出来ないせいで妻を娶れない者も少なくないらしい。

……しかし、これは……。

ずらりと門前に並んだ荷車は、ざっと十はあるだろうか。どの荷車もうず高く積まれた朱塗りの長持に埋め尽くされ、よくぞここまで無事にたどり着けたと感心してしまうほどだ。

ふたの外された長持の中身は、西域との貿易で得たのだろう大きな象牙に染色鮮やかな絹の反物、真珠、翡翠《ひすい》と珊瑚の首飾り、黄金の像、玻璃《はり》の器……ここから見て取れるだけでも貴重な品々ばかりである。どれ一つ取っても、庶民の一家が数年は遊んで暮らせる値がつくに違いない。

独り身の瓏蘭でもわかる。これらは一夜限りの花嫁に対する彩礼としては過分であり、受け取るわけにはいかないものだと。

「どうかお受け取り下さい。公子殿下のため、我が主がかねてより用意しておいた品々でございますゆえ」

瓏蘭の心を見透かしたように、仁祥が口を開いた。

「…左監が…、私のために？」

「はい。皇国で最も尊く麗しい公子殿下に相応しいものをと、主自ら吟味を重ねた品々ばかりでございます」

中には凱焔自ら馬を駆り、買い付けに赴いたものも少なくないと聞かされ、瓏蘭はあぜんとしてしまった。同時に、ぶるりと悪寒に震える。広範な貿易経路を持つ犲一族といえど、これだけの品々を揃えるには一月や二月では足りまい。少なくとも半年前…下手をすればもっと前から、入念に準備していたのではないだろうか。

……あの男は、そんなにも前から私を……？

一体どんな気持ちで、生きては帰れぬ戦に志願したのだろう。灰青の双眸に宿る焔《ほむら》が脳裏によみがえり、思わず己を抱き締める瓏蘭に、仁祥は跪く。

「…殿下。どうか、我が主をお許し下さい」

「仁祥…？」

何故、仁祥が謝るのか。凱焔が跋鬼誅滅に出陣するのなら、扶翼たる仁祥も同行せざるを得ないはずだ。凱焔の身勝手な願望によって、命を危険に晒されているというのに。

「我が主は決して、殿下におつらい思いやみじめな思いをさせたいわけではないのです。心の底から、殿下を花嫁にお迎えしたいと願っております。…それだけは、信じて頂きたい」

「そなたは…いや、犲一族は良いのか？　左監やそなた、そして一線で戦う戦士たちまで失えば、一族はもはや成り立つまい」

両親が早世したため、凱焔に兄弟は居ないと聞いている。期待の星たる凱焔が跡継ぎも残さずに戦死し、仁祥や若い戦士たちまで運命を共にすれば、残された一族の女子どもに生きてゆくすべは無い。

勅令が出た以上はもはや引き返せまいが、せめて今からでも凱焔に若く健康な女子をあてがうべきではないか。うまくすれば懐妊し、次の長が生まれるかもしれない。

「お言葉ですが、殿下。そのようなことはありえません」

瓏蘭の懸念を、仁祥は言下に否定した。

「今の我が主に女子などあてがおうとすれば、女子もろとも斬り捨てられてしまうでしょう。殿下がお輿入れ下さるのを、今か今かと待ち焦がれておりますから」

「待ち焦がれて…？　……今？」

ぱちぱちとしばたたく瓏蘭に、仁祥は一瞬言いよどんだが、開き直ったように告げる。

「──殿下には今宵、我が主の邸にお輿入れ頂きます」

「なっ……!?」

王侯貴族の姫の輿入れには、少なくとも準備に一年はかけるのが普通である。事情が事情ゆえ、今回はさすがに一年もかけられないだろうが、数日は猶予があると予想していたのに。

しかし、申し訳無さそうな仁祥の説明を聞けば、それも仕方の無いことだった。

「畏れ多くも皇帝陛下より、可能な限り早い出陣を命じられております。跋鬼どもが絶えず長城に押し寄せていることをかんがみれば、明後日には皇都を出立せねばならないかと…」

「…明後日…」

冷たい汗がつうっと背筋を伝い落ちていった。跋鬼どもは今、長城の守護隊が必死に侵入を防いでいるというが、彼らの奮戦も長くは持たないだろう。一刻も早く精鋭部隊を送り込み、駆逐する必要がある。龍永の判断は正しい。……でも……。

「……承知した。ならば今宵、左監のもとに行こう」

「あ、……ありがとうございます……っ！」

もやもやする感情を呑み込んで頷けば、仁祥は破顔した。ぱっと起き上がり、荷車のかたわらに佇んでいた二人の召使いを招き寄せる。

瓏蘭より長身で体格も良いので男子とばかり思っていたが、近くで見れば二人とも袍の胸元がわずかに膨らんでいた。犲一族は女子も優秀な戦士揃いで、西方に運ぶ荷の警護に付くのは半分以上が女子だそうだ。

「とはいえ、この二人は亡き奥方様に侍女としてお仕えしておりましたので、皇国の衣装の着付けや化粧なども心得ております。殿下のお手伝いをさせて頂くべく、連れて参りました」

「そうか。…それは助かる」

男物の衣装しか身に着けたことの無い瓏蘭にとって、女子の衣装…それも花嫁衣裳など未知の世界だ。邸の召使いでは王侯貴族の花嫁衣裳など手に余るだろうし、艶梅が丁寧に指南してくれるとは思えない。

「二人とも、世話をかけるがよろしく頼む」

瓏蘭が声をかけると、平伏していた二人は跳び上がらんばかりに驚き、おどおどと顔を見合わせた。呆気に取られる瓏蘭に、仁祥が教えてくれる。亡き奥方様…凱焔の生母はたいそう気位が高く、狁一族の二人に声をかけることは決して無かったそうだ。二人から話しかけようものなら、耳が穢れたと癇癪を起こし、二人を激しく折檻したという。

「…私の世話をさせるのは、可哀想なのでは？」

「と、とんでもない…っ！」

異口同音に答えたのは仁祥ではなく、女たちだった。

「殿下はお綺麗で、お優しくて……あの長が花嫁に望まれるのも、当然です」

「あたしたちでよろしければ、ぜひお手伝いをさせて下さい…！」

口々に言いつのる二人の迫力に、瓏蘭はただこくこくと頷くしかなかった。

太陽が地平の彼方に沈み、宵闇《よいやみ》の帳《とばり》が下りた頃。

瓏蘭を乗せた馬車は仁祥率いる護衛に守られ、凱焔の邸に到着した。つつが無く――と言うには、色々ありすぎたが。

『何と見事な御髪でしょう……！　絹糸よりも滑らかで、艶があって……』

『お肌も肌理《きめ》細やかで、染み一つ無くて、まるで白磁のよう。白粉をはたくのが、勿体無いくらい……』

あの後、瓏蘭たちは邸の東殿にある瓏蘭の房室に移動し、支度に取り掛かった。二人の侍女たちは瓏蘭が袍を脱ぎ、まとめていた髪を解くや乙女のような歓声を上げ、荷運びの男たちに次々と長持を運び込ませたのだ。

驚いたことに、荷車に満載されていた長持の半分は瓏蘭のための花嫁衣裳と装身具だった。もちろん、たった一度で全てを身に着けられるわけがないのだが、侍女はこともなげに言い放った。

『じかにお会いしてから公子殿下に最もお似合いの衣装を選ぶようにと、長が申しましたので』

つまり、選ばれなかった衣装は全て無駄になるというわけだ。たった一夜のために、凱焔はどれほどの私財を投げ打ったのだろうか。想像するだけで恐ろしくなった。

一体何度、あれが似合ういやこれだと言い争う二人に、衣装や装身具を取っ替え引っ替えされたことか。五度目以降は数えるのをやめてしまった。やっと化粧まで終えた時には、貧血と解放感で倒れそうになったほどだ。

周到なことに、仁祥は高位の宮人か貴族のみに許された屋根付きの馬車を邸の裏門に付けさせていた。

本来なら王侯貴族の花嫁は大勢の親族に見送られて邸を出立し、父親に付き添われながら婚家まで輿で移動する。そして父親は最後の別れを済ませ、邸内で待ち受ける花婿に大切な娘を託すのだ。そこからは花婿側の親族が打ち揃い、盛大な宴が催された後、花嫁と花婿は初夜を迎えることになる。

だが今回は盛大な見送りはもちろん、父親の付き添いも祝宴も無い。瓏蘭を待つのは、凱焔との初夜だけだ。

……こんなことが無くても、父上は付き添いなどして下さらなかっただろうが。

顔面に垂れ下がる薄絹の奥で、瓏蘭はひっそりと息を吐いた。

出立前、一応これから凱焔のもとに赴くと使いを出したが、重徳が姿を現すことはおろか、応えすら無かったのだ。わざわざ門前に出て来て仁祥に喰ってかかったのも、瓏蘭を心配したわけではなく、もっと彩礼の品を寄越せとせがむためだったに違いない。艶梅と雄徳が高価な西方渡りの品ばかりねだるせいで、さしもの父も懐事情は厳しくなりつつあるはずだ。

「……殿下。到着いたしましてございます」

大きく揺れた馬車が停止すると、外から仁祥が恭しく言上《ごんじょう》した。いつも以上に丁重な口調は、二人きりの華燭《かしょくてん》の典がすでに始まっていることを示している。

先に御者が降り、前方に垂らされた錦の紗幕《しゃまく》を上げた。視界が開けたとたん、瓏蘭は腰を浮かせかけたまま硬直する。

瓏蘭に手を差し出したのが、邸内で泰然と待っているべき花婿だったからではない。普段とはかけ離れた姿に視線が吸い寄せられ、離れなくなってしまったせいだ。

灰青の双眸を大きく見開いた凱焔は、まろやかな光沢を放つ最上級の紅絹の旗袍《きほう》――犲一族の礼装に身を包んでいた。丈は足首が隠れるほど長いが、左右に大きな切れ込みが入っているため足さばきにも騎乗にも支障は無い。騎馬民族としての矜持《きょうじ》の表れだろう。胸元全体に金糸で施された狼の刺繍の緻密さといったら、今にもかかりそめの命を得て襲いかかってきそうだ。

言葉も無く見惚れているのは、凱焔も同じである。

二人の侍女が熟考を重ねた末、瓏蘭にまとわせたのは、袖口に咲き乱れる百花を恐ろしいほどの鮮やかさで縫い取った紅絹の袍だった。その上に羽織る袖無しの半臂《はんぴ》には雲海を泳ぐ龍と鳳凰《ほうおう》が金糸でまばゆく刺繍され、ちりばめられた真珠や翠玉《すいぎょく》、水晶などが更なる輝きを添えている。袖口と揃いの百花を散らした紅絹の裙《くん》には細長い金襴《きんらん》の裳が幾筋も垂れ下がり、さながら鳳凰の尾のようだ。

頂で鳳凰が翼を広げる金細工の鳳冠《ほうかん》は何種類もの珠花《しゅか》に彩られ、連なった真珠の鎖が左右で揺れていた。魚の目とも呼ばれる真珠は、西方からの貿易でしか手に入らない貴重な宝石だ。

どれ一つ取っても庶民には…否、王侯貴族さえ滅多に手に入らない高級品ばかりだが、極め付けは瓏蘭の細い首筋と肩を覆い隠す雲肩《うんけん》だろう。文字通りめでたい如意雲《にょいうん》をかたどった付け襟は絹ではなく、薄く削り出した白蝶貝《しろちょうがい》や小さく研磨された宝玉を連ね、造り上げられたものだ。この雲肩一つで、ちょっとした邸が購えるに違いない。

皇族として金銭的には恵まれた暮らしを送ってきた瓏蘭でも、こんなに豪奢な装いをしたのは初めてだ。贅沢好みの艶梅も、これほど上質の絹や宝玉など目にしたことすらあるまい。

『この衣装を着こなせるのは、殿下しかいらっしゃいません』

『あの堅物の長も、言葉も無く見惚れるに違いありませんわ』

二人の侍女は自信満々に断言したけれど、男子の瓏蘭など、絢爛豪華な衣装に負けてしまうに決まっている。そう思っていたのだが――。

「……隠さな、ければ……」

熱い吐息混じりのうめきが、ひんやりとした夜気に炎を孕ませた。

鳳冠の上からすっぽりとかぶせられた蓋頭《がいとう》と呼ばれる花嫁用の面布越しに、燃え立つ灰青の双眸がひたと瓏蘭のそれを捕らえる。花嫁のかんばせを花婿以外の男に見せぬための蓋頭は特殊な織り方で、内側から外をうかがえても、外側から花嫁を通し見ることは出来ないはずなのに。

「……っ、左監……⁉」

ぐいと手を引かれた次の瞬間、瓏蘭は凱焔の逞しい腕の中に捕らわれていた。

何のつもりなのかと抗議する暇も与えず、凱焔は瓏蘭の重みなどまるで感じないとばかりにずかずかと門をくぐる。もはや何もかも諦めきった顔で、深々と頭を下げる仁祥が視界の端にちらりと映った。

風雅を解さぬ山犬どもは、獣臭い穴倉にでもこもっているのだろう。口さがない宮人たちの噂に反して、篝火《かがりび》に照らし出された凱焔の邸は皇国貴族の伝統をなぞった壮麗な造りだった。番兵の詰め所を兼ねた阿斯《あし》門の奥には石畳の通路を通した典雅な中庭があり、どこか異国の情緒を感じさせる殿舎が左右対称に配置されている。

凱焔が無言のまま瓏蘭を連れ込んだのは、中庭に南面するひときわ大きく重厚な殿舎――邸の主人の住まいだった。慌てて扉を開ける召使いたちには目もくれず、最奥の臥室《がしつ》にたどり着いて初めて、詰めていた息を吐き出す。

「…左、監？」

淡紅色の紗幕に覆われた寝台に瓏蘭をそっと下ろすと、凱焔は臥室の入り口に取って返した。すでに召使いたちが外側から閉めた扉に手ずから閂《かんぬき》をかけ、更に幾つもの錠を嵌めていく。

「――これで誰も、貴方を奪えない。俺以外の、誰も」

ゆっくりと振り返った凱焔の瞳の奥で、炎が燃えていた。龍永の御前から辞す直前、瓏蘭をあぶったのと同じあの炎が。

今度は、あぶられるだけでは済まない。…焼き尽くされる。骨のひとかけらも残さずに。

「今宵一夜、貴方は俺の花嫁です。……瓏蘭様」

「……あ、…っ…」

情欲に蕩けた低い声に初めて名を紡がれ、寒気にも似た何かが全身を走った。言の葉に言霊が宿ると信じられる皇国において、貴人の名を呼べるのは親兄弟を除けばより高位の者か…あるいは伴侶だけだ。

一夜限りとはいえその権利を得た男は、寝台に素早く歩み寄ると、硬直したままの瓏蘭の蓋頭をそっと取り去った。花嫁のかんばせを誰より先に拝める。花婿の特権を噛み締めるかのように、凱焔は灰青の瞳に歓喜を漲らせる。

「……美しい……」

「あ…、…あの…、左監…」

「夜通し戦場を駆け、血塗れになってようやく拝めた朝陽よりも……俺の花嫁は、まぶしく美しい……」

異民族が無惨な屍を晒す荒野で、返り血に染まった鎧姿の凱焔が脳裏を過ったのは、つかの間のこと。すぐさま瓏蘭は現実に引き戻された。おもむろに膝を折った凱焔に右足を持ち上げられ、絹張りの沓を脱がされる感触によって。

ぴちゃり……。

「や……っ！」

ためらいも無く親指に舌を這わされ、思わず引っ込めそうになった足に、男の武骨な指が喰い込んだ。瓏蘭が恐怖のままめちゃくちゃに振り解こうとしても、戦場で軽々と強弓《ごうきゅう》を操る腕はびくともしない。

「…っ、…ぁ、…やぁっ…」

いやいやをするように首を振りながら、瓏蘭は袍の袂で唇を覆った。…拒絶など、断じて許されないのだ。今宵の自分は、凱焔の花嫁…死地に赴くのと引き換えに与えられた褒美なのだから。夫の求めには、どんなことでも従順に応じなければならない。

……でも、これは……。

「ひ、……んっ、う、ぁ…っ」

女人と契ったことも無い瓏蘭に初夜の手順などわかるはずもないが、花婿が花嫁の足を舐め回すのは果たして正しい作法なのだろうか。小さな戸惑いは、爪先からじわじわと這い上る熱の波に理性ごと呑み込まれていく。

「さか、…あ…っ」

人差し指に甘く歯を立てられ、びくびくと震える瓏蘭を灰青の双眸が舐め上げる。

切望の滲むそれに促されるがまま、瓏蘭はわななく唇で紡ぐ。今宵限りの夫の名を。

「……凱、焔」

「――――！」

ばっと顔を上げ、凱焔は獣めいた咆哮《ほうこう》をとどろかせた。…否、この時から、瓏蘭の夫は本物の獣になったのかもしれない。従順な飼い犬の皮も、人の皮も脱ぎ捨てて。

「…瓏蘭様…っ、瓏蘭様、瓏蘭様、瓏蘭様……」

左足の沓も脱がせ、ごくりと唾を飲んでから、凱焔は露わになった足指に喰らい付いた。舐めてはしゃぶり、しゃぶっては頬を擦り寄せ、再び舐め回すのを繰り返すうちに、瓏蘭の白い足はみるみる唾液に濡れそぼっていく。

「あ、…あっ、…さ…、…っ、凱焔…」

「ずっと…、…ずっと、こうしたいと思っておりました。薄汚い山犬風情が、おこがましくも、皇国で最も尊く美しい貴方を……、…出逢った瞬間から…」

「…は…ぁっ、あ…、…あの時、から…？」

今でも鮮やかに思い出せる。擦り寄ってきた貴族はすげなく追い出したくせに、何の位階も持たぬ瓏蘭には迷わず平伏した凱焔を。…犲左監と呼ばれただけで、感激のあまり卒倒した男を。

……そんなにも前から、この男は私を……？

「……やはり、覚えていらっしゃらないのですね」

ぼそりと落ちた呟きは小さく、くぐもっていて、ほとんど聞き取れなかった。尋ね返す前に、濡れた素足を硬い膝の上に乗せられる。はあはあと絶え間無く吹きかけられる吐息がくすぐったくて、とっさに足を引きそうになるが、もちろん凱焔は許してくれない。

「想像した通り…いや、それ以上だ。美しく清らかな貴方は、おみ足さえも甘く柔らかい…」

「いっ、…あ、あぁ…っ、ん……」

上半身は自由なままなのに、唾液まみれの足をうっとりと眺め、喜色満面で味わう凱焔から目が離せなかった。瓏蘭は何でも一人で出来るよう母に躾けられたが、名門貴族の子弟には沓の着脱まで人任せにする者も多い。しかしそれは身分の低い従僕の役目だ。皇帝から将軍位を賜った誇り高い武人のすることではないのに。

「ああ…、…瓏蘭様、……瓏蘭様っ……」

瓏蘭が漏らす喘ぎに甘いものが混じり出したのに気付いたのか、凱焔はぶるりと胴震いし、男にしては小さな足を引き寄せた。濡れた爪先が硬く弾力のある何かに触れた瞬間、凱焔は太い眉をぴくりと揺らす。

「…く、…っ…」

「……、凱焔？」

思わず身を乗り出した弾みで、爪先が凱焔の股間に少しだけめり込んだ。またあの感触を覚えた直後、凱焔は大きく腰を震わせる。

「……っ、は、…ぁっ…」

「凱焔、……っ！」

どうしたのだと問いかけようとして、瓏蘭は赤面した。…やっと気付いたのだ。今、己の爪先が踏み付けているものが、凱焔の雄だと。しかもそれは旗袍と下袴を重ねた上からでもそうと感じられるほど熱く、硬く勃ち上がっている。

「…あ、……あぁ……」

背筋を這い上がってきたものは、気色悪さでも恐怖でもなかった。身分と血筋以外、瓏蘭より何もかも勝るはずの凱焔が、男として最も大切な部分を踏まれて興奮しているなんて…。

「…ろ…っ、瓏蘭様…⁉」

布越しにも熱い股間をさっきより強く踏んでやれば、旗袍に包まれた巨軀が大きく揺れた。同時にどくんと脈打つそこの感触が爪先から伝わってきて、瓏蘭の心臓も高鳴り始める。

「…い、いけません…、そのような…、…あ、あっ…」

口先ではそう言うくせに、凱焔の雄はぐりぐりと踏みにじられるたび熱と硬さを増し、瓏蘭の足の下で歓喜にうごめいている。自分のものとはまるで違う大きさと質量に対する恐怖は確かにあるのに、容易く乱される凱焔をもっと見ていたくて、瓏蘭は足を動かし続ける。

もし誰かが居合わせたなら、これが本当に初夜かと目を疑っただろう。花嫁の純潔を荒々しく散らすべき花婿は床にひざまずき、花嫁に股間を踏まれながら悦んでいるのだから。

だが、凱焔の熱っぽい吐息と衣擦れの音だけに満たされた密やかな時間は、そう長くは続かなかった。凱焔が腹を空かせた獣のように喉を鳴らし、好き放題する瓏蘭の足をがっしりと捕らえたのだ。

「あ……」

「…貴方は…、何ということを」

薄い唇から覗く犬歯は通常よりはるかに鋭く発達し、瓏蘭の熱を冷ましていった。長城の外側で跋鬼どもを駆っていた頃、犲一族は女不足に悩むあまり、雌狼と番って子を生《な》した。眉唾ものだと思っていた宮人たちの噂が、瓏蘭の中でにわかに信ぴょう性を帯びる。

……ああ、私は。

「一夜限りでも、…俺は確かに貴方の夫だったと、思って頂きたかったのに」

凱焔はすっくと身を起こすと、紅絹の旗袍を引きちぎる勢いで脱ぎ去った。続いて帯を解き、袴も沓も次々と脱ぎ落とす。

足は解放されたのに、人間から獣に近付いていく凱焔から目が離せなかった。手の代わりに、じっと据えられたままの灰青の双眸に…その奥に燃え盛る焔に、縛り付けられているから。

……私は、眠っていた獣を……いや、必死に眠ろうとしていた獣を起こしてしまったのだ。

「貴方に愛でて頂いて…、…人でなど、いられるものか…！」

荒々しく吠え、凱焔は膨らんでいた下帯まで潔く取り去った。さらけ出された裸身に、瓏蘭はほとばしりかけた悲鳴をぐっと呑み込む。

悪鬼を打ち滅ぼすという金剛神が人の姿を取ったら、この男のようになるのだろうか。たゆまぬ鍛錬と実戦で身に着けたのだろう筋肉は凱焔の長身を鎧《よろい》のごとく覆い、広い胸板を分厚く盛り上げていた。

瓏蘭が見た限り、張りのある肌に傷痕は見当たらない。戦場で凱焔に遭遇した敵兵は、接近する暇すら与えられず、放たれた強弓に貫かれてしまうのだ。あるいは馬上で振るわれる長剣に、痛みを感じる間も無く首を落とされるか。

「…ひ…、…あ……」

涙目で首を振る瓏蘭に、じり、と凱焔は容赦無く詰め寄った。股間で雄々しく天を仰ぐ肉刀を、お前のせいでこうなったのだと見せ付けるかのように。

自分の股間にぶら下がっているのと同じものだとは、とうてい思えなかった。濃い茂みも、たっぷり精の詰まった双つの嚢《ふくろ》も、どくどくと脈打ちながら先走りを垂れ流す、幼児の腕ほどありそうな肉刀も。

「…何故、そのようなお顔をなさるのですか？」

確かに人の言葉で紡がれたはずの問いが獣の咆哮に聞こえたのは、臥室に焚かれた香でも打ち消しきれない濃厚な雄の匂いが鼻を突いたせいだろうか。

「俺をこんなふうにしたのは…、…瓏蘭様、貴方なのに…！」

一夜の花嫁となるのは勅令なのだから、何をされても逆らってはならない。…引き裂かれてしまう前に、人の姿をしたこの野獣から逃げなければならない。

「や……ぁっ！」

ほんのわずかに勝った本能のまま逃げ出そうとした瓏蘭を、おそらく龍永は咎めなかっただろう。いかに皇帝とて、将軍位を授けられた臣下が獣に化けるなんて予想出来るわけがない。

だが、獣は許さなかった。

「…瓏蘭様…っ…」

ひるがえった袍の袂を掴み、凱焔はいともたやすく瓏蘭を寝台に引き倒した。弾みで床に落ちてしまった鳳冠にも、ちぎれて転がっていく大粒の真珠にも目もくれない。凱焔にとって妙なる宝玉は瓏蘭だけなのだ。その証拠に、数えきれないほどの宝玉を連ねた雲肩すら邪魔なぼろ布であるかのようにむしり取り、放り捨ててしまう。

「瓏蘭様、瓏蘭様、瓏蘭様……」

「あ、やぁ…っ！」

凱焔は機敏な身のこなしで寝台に乗り上げ、いくつも置かれていた絹製の詰め物に瓏蘭の背をもたれさせた。ぺろりと舌なめずりをし、紅絹の裙を素早くめくり上げる。

花嫁を装うなら下着も女子と同じでなければ、と侍女たちが譲らなかったせいで、今の瓏蘭は裙の下に薄い腰巻を巻いただけの状態だ。裙ごとめくられてしまえば、一糸まとわぬ下肢をさらけ出してしまう。

「あ……あ、ああ、あああっ、あああ、あっ……」

――欲しかった。ずっとずっと欲しかった。欲しくて、欲しくて欲しくて……。

零れ落ちる声はもはや人の言葉すら取り繕えなくても、燃え盛る灰青の双眸が何より雄弁に物語っている。どれだけ長い間、凱焔がこの瞬間を待ち焦がれていたか。

「…駄目…だ…、…見ないで、…見ないで…」

恐怖と同じくらいの羞恥に襲われ、瓏蘭は両手で顔を覆った。瓏蘭の性器は、凱焔に比べれば幼子のそれと思われても仕方が無いほど小さく、色も白くて、下生えもごく薄い。

その上――。

「わ、…私は…、…まだ、……元服も、済ませていなくて」

王侯貴族の元服は庇護者となりうる冠親《かんむりおや》に冠をかぶせてもらい、盛大な宴を催した後、然るべき家柄の女性と一夜を共にするのが通常の流れだ。跡継ぎを作る能力があることを証明するためであり、この時選ばれた女性はたいてい後の正室となることは、凱焔とて知っているだろう。

だが瓏蘭は十八にもなるのに、未だ元服を済ませていない。まだ早い、と重徳が言い張って譲らないせいだ。元服させてしまえば瓏蘭が名実共に姫家の跡継ぎとして認められ、自分は不仲な兄によって隠居に追い込まれかねないと危惧しているのだろう。瓏蘭より一つ下の雄徳は、もう二年も前に元服したというのに。

元服を迎えるまで、貴族の子弟は女遊びを厳しく禁止される。つまり瓏蘭は、自分は未だ女体すら知らない未熟者だと告白したのだ。…何もかも暴く灰青の瞳が、軽蔑に歪む前に。あわよくばこれで凱焔が興醒めしてくれるのではないかという、かすかな期待もあった。

しかし――。

「……、う、……あああああっ！」

まるきり獣の咆哮だったが、ほとばしったそれは紛れも無く歓声だった。びくりとすくむ白い脚を手早く広げさせ、凱焔は白い内腿にかぶり付く。

「うあぁ…っ…！」

薄く柔な皮膚に鋭い犬歯が突き立てられ、ぶつりと喰い破られる嫌な感触が駆け上った。あまりの痛みに大きく脚を跳ねさせれば、はっと息を呑む気配がして、出来たばかりの傷口に熱い舌が這わされる。

「あ、…あぁ、あ……」

抱え込まれた両脚を閉ざすことも出来ず、痛みに震えるばかりの瓏蘭は、まるきり肉食獣に狩られたばかりの哀れな獲物だろう。嬉々として血をすする凱焔が信じられなかった。家族としても一人前の男としても父に認めてもらえない瓏蘭のどこが、犲一族の英雄と称えられるこの男をそそるのか。

「……は…、ああ、…あぁ…」

執拗に舐め続けられるうちに血も止まったのか、獣の舌は少しずつ上へ移動を始める。ずきんずきんと脳天を突いていた痛みもだいぶ和らぎ、瓏蘭は指の隙間から恐る恐る下肢をうかがい…そのまま凍り付いた。

——灰青色の焔が、燃えている。

「ああ、…や、…あ…っ…」

瓏蘭を捕らえて放さない眼差しから目を逸らしてしまいたいのに、身体が言うことを聞いてくれない。本能は悟っているのだ。目を逸らしたが最後、一息に仕留められてしまうと。

——見て。俺だけを見て。一瞬でも、俺以外のものなんて見ないで。

声にならない懇願を、聞き届けたわけではない。ただ恐怖のあまり動けずにいるだけなのに、凱焔はうっとりと微笑み、脚の付け根を強く吸い上げた。

瓏蘭は思わず身を硬くするが、走ったのはさっきに比べればずいぶんとささやかな痛みだけだ。…快感と間違えてしまいそうなほどの。

「あ、ああ、やぁ…っ、あ…」

筋肉で盛り上がった腕に捕らわれた脚から、強張りが少しずつ抜けていった。あぁ、と凱焔は歓声混じりの吐息を漏らし、敏感な柔肌のいたるところを吸い上げ、紅い痕を残す。まるで、所有の印を刻むかのように。

…いや、本当に刻んでいるのだ。明後日には、この男は跋鬼どものうごめく地獄へ出陣しなければならない。己の生きた証を、瓏蘭の肉体に余すところ無く刻もうとしている。皇国に武勇を轟かせた将軍ともあろう者が、数十日もすれば完全に治癒し、消え去ってしまう儚い証を…。

「…は…、あぁっ…」

吐き出した息が甘く溶けたのを見計らったかのように、凱焔は恐怖に縮こまった肉茎に口付けた。びくんと跳ねる脚を抱え直し、凱焔に比べればささやかすぎるそれを口内に迎え入れていく。瓏蘭の肉に満たされる感動を味わうかのようにゆっくりと、堪え性の無い腰を交尾する犬さながらに振りながら。

「あぁぁ…、あ…、は…っ」

初めて他人のぬるついた肉に包まれる鮮烈な感覚に、脳髄がびりびりと痺れた。自慰の経験が無いわけではないが、熱く濡れた口内に咥えられ、絞り上げられる圧倒的な快感とは比べ物にもならない。いつしか己の腰も揺れ始めるのを、瓏蘭は止められなかった。すると凱焔はますます灰青の炎を燃え立たせ、じゅぽじゅぽと激しく肉茎をしゃぶりたてる。

「や…っ、だ、…駄目…、駄目だ…っ」

自慰の時の数倍の早さで絶頂の波が押し寄せてきて、瓏蘭は下肢でうごめく男の黒髪を両手で引っ摑んだ。女人相手に男の証を立てるよりも先に男の口で果てるなんて、皇族としての矜持が許さなかった。

けれど、まさにそのこと——女ではなく己で瓏蘭を元服させることこそが、凱焔の狙いだったのだろう。あらん限りの力で髪を引っ張ってやったにもかかわらず、凱焔はまるで堪えた様子も無く…むしろ勢いづき、張り詰めた肉茎に舌を絡み付かせる。

「だ…っ、…駄目だ、駄目…、…あ、ああっ、あ……!」

股間に喰い付かれたまま、瓏蘭はとうとう望まぬ絶頂に押し上げられた。溢れ出る精を追いかけるように、まなじりから涙がつうっと零れる。

……どうして、こんな……。

屈辱を感じること自体が間違いなのだと、わかっている。凱焔は跋鬼誅滅の褒美として瓏蘭を望み、伯父の皇帝はそれに応じた。皇族といえど臣下に過ぎない自分は何をされても耐えるしかないのだと、馬車の中で何度も己に言い聞かせ、納得した――そのつもりだったのに。

「…う…、く、…っ、くく、ふふふ、ふふっ、ふっ」

巨軀を小刻みに揺らしながら、凱焔はゆらりと起き上がった。端整なその顔を彩る愉悦の笑みは瓏蘭を自ら大人にしてやった達成感ゆえか、はたまた初めて味わった蜜の甘さゆえか。

いずれにせよ、獣だった。

「瓏蘭様…、…ふ、…ふふっ、…瓏蘭様、…瓏蘭様」

「…ひ…っ、い、…や、…嫌…っ…」

「俺の瓏蘭様…、…俺の、花嫁…」

――牙を剝き出しにして笑う男は、間違い無く獣だった。

そして膝立ちになったその股間にそびえる雄は、瓏蘭を引き裂く肉の凶器だ。かちかちと歯を鳴らす瓏蘭を見据えたまま、凱焔は禍々しくすらあるそれを大きな手で握った。ほんの二、三度扱いただけで、凶悪な太さの肉刀は血の管を脈打たせながらどんどん怒張していく。

「は…あっ、あ、…瓏蘭様、……瓏蘭様……っ！」

灰青の双眸をぎらつかせ、凱焔は瓏蘭の脚をぐいと開かせた。かさの開ききった切っ先を剝き出しの股間…その奥に息づく蕾に向ける。

「…ぁ、や、嫌っ……」

嫌な予感に瓏蘭はじたばたともがいたが、皇国一の武人に抵抗など出来るわけがなかった。低いうめき声と同時に発射されたおびただしい量の精液が、大人にされたばかりの性器や無垢な蕾にびしゃびしゃと降り注ぐ。

「……あ、……あぁ……」

量も熱さも、瓏蘭がさっき凱焔の口内に出した蜜とは比較にならない白い粘液に、下肢が汚されていく。気色悪さに腰をよじれば、大きな手がすかさず股間に伸び、出されたばかりの精液を蕾にごしごしと塗り込めた。硬い指先に浅い部分を侵され、瓏蘭は開かされたままの脚を強張らせる。

……まさか、この男は。

思い過ごしであって欲しかったのに、凱焔は己の精液に汚れた手を引くと、瓏蘭の脚の間に入り込んだ。濡れてわずかにほころんだ蕾にあてがわれた雄は、一度達したばかりにもかかわらず逞しさを取り戻し、さっきにも勝る勢いで猛り狂っている。

「だ、…駄目だ、……それだけは…っ…」

男同士のまぐわいにどこを使うのかは、瓏蘭もうっすらと知っている。初夜を終えるには、花嫁としてそこに凱焔を迎え入れなければならないことも。

けれど、ろくに解されてもいない蕾をこんなものに貫かれたら……。

「…壊れる…、…壊れてしまう…」

しゃくり上げる瓏蘭の蕾に、熟しきった切っ先が容赦無くめり込んでくる。異物感と香に混じる濃厚な雄の匂いが、恐怖を加速させた。

「壊れちゃうから…、やめて……、お願い、凱焔っ……」

人前で子どものように泣くのも、恥も外聞も無く懇願するのも生まれて初めてだった。

たんねんに施された薄化粧はぐちゃぐちゃに崩れ、さぞ見苦しいだろうに、凱焔は何故か灰青の双眸を爛々《らんらん》と輝かせ、瓏蘭の両脚を抱え上げる。

「…あ…、…あぁ…、…瓏蘭様…、瓏蘭様っ……」

「いっ…、嫌、嫌、…嫌ぁぁぁぁぁぁっ！」

視界が真っ赤に染まった瞬間、死んでしまったのかと思った。

まだ生きているのだとわかったのは、激痛と共にすさまじい質量のものが体内に侵入してきたからだ。拳ほどの大きさの切っ先を小さな蕾にねじ込んだだけでは足りぬとばかりに、凱焔は男らしく引き締まった腰を進める。

「やあ…っ、やっ、やだ、やだぁ…っ」

結い上げられていた黒髪を振り乱しながら懸命に訴えるが、凱焔は止まらない。…止まれるわけがないのだと、瓏蘭には理解出来なかった。上半身は花嫁衣裳を貞淑に着込んだまま、下肢だけを晒し、全裸の獣に犯されている貴人がどれほど凱焔の心を揺さぶるかなんて、想像もつかないのだ。

「瓏蘭様…、…愛しい、……俺の主……」

「うあ、…ああっ…」

凱焔がずいと顔を寄せてくるのと同時に、太い刀身が一気に瓏蘭の媚肉を切り拓き、狭い腹の中をぱんぱんに満たした。今にも内側から裂けてしまいそうなのに、まだまだずぶずぶと入り込んでくるのが恐ろしい。

「…俺は…、俺は、この時のために生きてきました。…俺の全てを、貴方に捧げるために…」

「や…、やめ、て…、…もう、…入ってこない、で…」

「俺の全ては貴方のものです。…瓏蘭様、……瓏蘭様……！」

狂おしく宣言するや、凱焔は呼吸すらままならない瓏蘭の唇を荒々しくふさいだ。貪欲な舌は薄い隙間から侵入を果たし、逃げ惑う瓏蘭のそれをあっという間に捕らえる。

「…ん…っ…、……んっ！」

生まれて初めての口付けに浸る間も無く、腹の中に熱い液体がぶちまけられた。

たちまち腹いっぱいに広がるそれのぬめりを借り、未だ滾《たぎ》ったままの肉刀は更に奥へ入り込んでいく。拓かれたばかりの媚肉に、雄の匂いをこってりと擦り込みながら。

「…う…、…んっ、うぅっ…」

ずるずると媚肉を滑っていく熱杭がようやく止まり、蕾に濃い茂みが触れると、瓏蘭は安堵の涙を流した。これでやっと終わり——龍永の勅令を、自分は見事に果たしたのだと。…長い間飢えに苦しんできた獣が、この程度で満足してくれるはずもないのに。

「瓏蘭…、様……」

ぬるりと口付けを解き、凱焔は白い頬を伝う涙を舐め取った。今宵、瓏蘭の全ては…涙のひとしずくさえも、花婿たる凱焔のものだ。

「…これで俺は、やっと…、貴方のものに…」

嬉しそうな顔で、おかしなことを言うものだ。抵抗する花嫁をいとも容易くねじ伏せて犯し、腹に子種まで出しておいて、普通なら瓏蘭の方が凱焔のものにされたと表現すべきだろうに。

戸惑う瓏蘭に今度は触れるだけの口付けを落とし、凱焔は慎ましく閉ざされていた半臂の紐を解いた。玉石をちりばめた帯も解き、紅絹の袍を下着ごとたくし上げると、露わになった白い胸にごくりと喉を鳴らす。

「……や、…ああっ⁉」

平らな胸を淡く彩る肉粒に喰い付かれ、瓏蘭はのけ反りそうになった。大人しくなったはずの肉杭が己の腹の中でみるみる張り、芽生えかけていた安堵を粉々に打ち砕いていく。

「……まだ、です。まだ…、夜は終わっていない」

窓に格子が下ろされ、灯籠の淡い灯りのみが頼りの臥室では、瓏蘭には夜と朝の区別もつけられない。けれど夜闇をものともせず行軍する凱焔にとって、今何時かを判別するくらい、赤子の手をひねるより容易いことなのだろう。

——この男は、絶対に止まらない。鎧兜で武装し、死地に出陣する寸前まで、瓏蘭に生きた証を刻み続ける。

「俺を孕んで下さい。……俺が貴方のもとに帰るまで、他の男を群がらせないように……」

衰える気配すら無く燃え続ける灰青の焔が、瓏蘭の胸を突き刺した。誰もが——勅令を下した龍永すら凱焔の死を疑っていないだろうに、凱焔だけは諦めていないのだ。跋鬼を見事誅滅し、帰って来るつもりでいる。

生まれた時から共に過ごしてきた一族のもとに、ではない。……たった一夜きりの花嫁でしかない、瓏蘭のもとに。

「あ…、あっ…、…凱焔…、凱焔っ…」

狂おしい衝動のまま、瓏蘭は己の胸に吸い付いて離れない男の頭をぎゅっと抱き締めた。散らされたばかりの蕾は未だずきずきと痛みを訴え、精液で溢れ返った腹は今にも内側から破られてしまいそうなのに、凱焰に優しくしてやりたくてたまらなくなった。

だって……、だって、この男は。

「…瓏蘭様…っ、ああ、…愛しています…愛しています、瓏蘭様…貴方を、貴方だけを…」

夢中で瓏蘭の腹を突き上げる男は……明日にはこの世から消えてしまうのだ。

「瓏蘭様……っ！」

愛しい人の名を呼びながら達する絶頂は、何度目であっても至上の歓びを凱焰にもたらした。ぐったりと弛緩した下肢を抱え込み、激しく腰を打ち付けながら、凱焰は思いのたけを瓏蘭の中に注ぎ込む。

……ああ、瓏蘭様、瓏蘭様、瓏蘭様！

瓏蘭と出会った瞬間から絶えることの無い心の叫びが、現実の声に重なる。

もし凱焰の心を切り裂いたなら、瓏蘭の名とその麗しい姿——そしてぐつぐつと煮詰められ、凝縮した薄汚い欲望しか出てこないだろう。いっそそう出来ればいいのにと本気で思う。瓏蘭には凱焰という汚らわしい野犬が付いているのだと知れ渡れば、美しく清らかな瓏蘭を付け狙う愚かな男も女も恐れをなし、退散してしまうだろうに。

「…瓏蘭様…、瓏蘭様…」

凱焰の唾液でびしょ濡れにされた耳朶を食み、囁き続ける。

当の瓏蘭がかたくまぶたを閉ざし、応えを返してくれなくても満足だった。皇帝と父の重徳しか呼べない、尊い御名。それを誰にもはばからず口に出来る権利を得ることが、凱焰の目下の目標だったのだから。

「…瓏蘭様…、…俺の、…主…」

将軍としての凱焰の主君は皇帝だが、ただ一匹の獣としての凱焰の主は瓏蘭だけだ。出逢った瞬間に理解した。水晶よりも清らかで美しいこの貴人を全ての害悪から守り、尽くすために自分は生まれて来たのだと。

…瓏蘭はもう忘れてしまったようだが、それでも構わない。凱焰だけがわかっていればいいことだ。汚濁《おだく》だらけのこの世に生まれ落ちてしまった瓏蘭を守れるのは、凱焰のみ。瓏蘭にたかる害獣は全て、凱焰が始末しなければならないのだと。

「ふ…っ、…ぐふ、ぐふふふっ、ふっ」

愉悦の笑みがこみ上げ、凱焰は小刻みに腰を揺らした。最初に繋がってから一度も抜かれていない肉刀は、瓏蘭の中でまた性懲りも無く張り詰め、さらなる子種を芽吹かせようといきり立っている。

戦の前は身も心も昂り、女が欲しくなるものだ。凱焰と共に出陣する一族の男たちも、ほとんどが娼館にくりだし、人生最後になるかもしれない房事に溺れているだろう。

だが凱焰の中で絶えず渦巻き、燃え盛る欲望の焔は、死地に赴こうとするがゆえではない。そもそも瓏蘭を遺して死ぬつもりなど、かけらも無いのだから。

「ふふ…っ、ふふ、…瓏蘭様…、俺の瓏蘭様…」

瓏蘭だ。凱焰を突き動かすのは、いつだって瓏蘭なのだ。一目で恋に落ち、溺れ焦がれ続けた愛しい人とようやく繋がれたというのに、奮い立たなければ男ではない。

それに今の凱焔には、凱焔が不在の間、害獣どもが群がってこないよう、瓏蘭にしっかりと凱焔の匂いを染み込ませておくという崇高な使命があるのだ。最後の一滴まで、残らず瓏蘭の中に注ぎ込んでおかなければ。

……瓏蘭様、愛しい瓏蘭様。ありがとうございます…、俺の花嫁になって下さって、ありがとうございます……！

ただでさえ紅い痕だらけの薄い胸を更なる痕で埋め尽くしたり、うなじや脇の下や首筋や腕を舐め回したり、耳朶をしゃぶったりと忙しい唇の代わりに、凱焔は心の中で叫ぶ。

『……凱、焔』

初めて名を呼んでもらえたあの瞬間を思い出すだけで、腰の律動は粘り気を増していく。

白いうなじを吸い上げ、凱焔は瓏蘭の腹をまさぐった。女のように柔らかくはないそこは、花嫁衣裳をきっちりまとっていた時よりも明らかに膨らんでいて、凱焔を悦ばせる。瓏蘭自身さえ触れたことの無い媚肉の隘路《あいろ》は、凱焔が放ち続けた精液にぴっちり満たされ、泡立ちながらたぷたぷと波打っているのだろう。

凱焔の太い肉杭でしっかり栓をしてあるから、精液が零れ出ることは無い。こうして繋がっている限り、凱焔の子種は瓏蘭の中に留まり続ける。それはすなわち、今の瓏蘭は凱焔の子を孕んでいるも同然だということではないか……？

「…は…っあ、あ、瓏蘭様……っ！」

ぽん、ぽんっと、頭の中で百花が咲き乱れた。あの瓏蘭が、汚らわしい犬にも手を差し伸べてくれた気高く優しい瓏蘭が、凱焔の子を孕んでくれたなんて……凱焔の分身が、瓏蘭の中に息づいているなんて……！

男の子だろうか、女の子だろうか。凱焔としては瓏蘭によく似た女の子であって欲しいけれど、元気に生まれてくれればどちらでもいい。養育は乳母に任せて、早いところ次の子を孕んでもらおう。何人もの子に囲まれれば、きっと瓏蘭も寂しくない。…凱焔のことも、子の父親としてなら受け容れてくれるかもしれない。

「……凱焔。凱焔」

固く閉ざされた扉越しに聞こえてきた声を、凱焔は無視した。今は余計なことに関わっている暇など無いのだ。もっともっと瓏蘭に子種を孕んでもらって、元気な子を産んでもらわなければならないのだから。

「…っ…、凱焔！　起きているんだろう⁉　今すぐ出てこい。さもなくば、ぶち破るぞ！」

怒声と共に、どんっと扉が叩かれた。いや、あれは苛立ちまぎれに蹴り付けたのだろう。相当切羽詰まっているらしい。

後ろ髪を引かれつつも、凱焔は渋々瓏蘭から身を離した。長い付き合いだ。今更濡れ場に踏み込まれたところで何とも思わないが、瓏蘭の肌を凱焔以外の男に晒すわけにはいかない。

「……、ぁ……」

何刻にもわたって嵌めっぱなしだった雄を引き抜いた瞬間、もはや喘ぎすら漏らさなくなって久しい瓏蘭の唇から、あえかな声音が零れた。月琴をかき鳴らすかのようなそれにうっとりと聞き惚れ、凱焔ははっとする。一晩じゅう蹂躙《じゅうりん》され、凱焔の形に拡げられた蕾から、注ぎに注いだ精液がぶくぶくと泡立ちながら溢れ出ているではないか。

「ろ、……瓏蘭様！」

凱焔は大慌てで寝台を飛び降り、かたわらの卓子の抽斗から張形を取り出すと、再び寝台に乗り上げた。眠り続ける瓏蘭を横臥させ、その蕾に張形を差し入れる。凱焔の太いものを受け容れ続けたそこは、男根を模した張形をあっさり根元まで呑み込んでくれた。

これで凱焔が離れても、腹の中の精液が零れてしまう恐れは無い。初めて男を受け容れる瓏蘭の蕾を少しずつ慣らしてやるようにと、仁祥が用意しておいてくれたものが思いがけないところで役に立った。…慣らす間も待てず瓏蘭に襲いかかり、純潔を散らしてしまったことは、一生黙っておこう。

目覚める気配すら無い瓏蘭を絹の上掛けで包み、天蓋の紗幕まできっちり閉ざすと、凱焔はようやく寝台を離れた。床に落ちていた袴と上着を適当に身に着け、扉の閂や鍵を外していく。

「…凱焔…、この野郎…」

開いた扉の向こうで苛々と待ち構えていたのは、予想通り仁祥だった。人前では身分をわきまえた態度を取るが、二人だけなら遠慮もなくなる。

「……こっちだ」

それでもここで文句を並べたてず、隣室に移動したのは、瓏蘭を気遣ってのことだろう。凱焔も瓏蘭に自分以外の男の声など聞かせたくなかったから、大人しく従う。むろん、臥室に外側から鍵をかけておくのも忘れない。

隣室の扉を閉じるや、仁祥はまなじりを吊り上げながら詰め寄った。

「凱焔、お前なあ……俺が朝から何度呼びかけたと思ってるんだ。三里向こうの獣の足音さえ聞き分けるお前が、よもや聞こえなかったとは言わせないぞ」

「二刻前に一度、一刻半前に一度、一刻前に一度、半刻前に二度、それから四半刻に一度ずつだな」

「………………」

尋ねられたから答えてやったのに、仁祥は何故か酸っぱいものを無理やり食べさせられたように顔を歪める。

「…聞こえていたなら、どうして応じないんだ。一族の戦士たちはすでに邸に集結しているんだぞ」

「出立の刻限は今から一刻後だ。俺が出て行かずとも、何の差し障りも無いだろう」

すでに各部署に根回しを済ませ、遠征に必要な支度は整えてある。国内から滅多に出ない皇国の正規軍と違い、異民族討伐で遠征慣れしている一族の戦士たちに、今更訓示や激励の類など必要無いだろうに。

「…相手は人間じゃない、不死身の化け物だ。いくら剛胆な一族の戦士たちだって、内心では皆不安に思っている」

それは仁祥も同じなのだろう。常に飄々《ひょうひょう》とした表情を絶やさない男が、さっきから緊張を漂わせている。この乳兄弟が出陣前に硬くなるなんて、初陣の時以来ではないだろうか。

彼らが揃いも揃って跋鬼ごときを恐れる理由がわからず、凱焔は首をひねった。

「化け物だとて、首を落とすか炎で焼き尽くせば倒せるのだろう？　人間と同じではないか」

「……」

「弓の効果が薄そうなのは確かに痛いが、首を落とせば倒せるのなら不死身ではない。女を差し出してきたりしない分、西の奴らよりはるかにましだ」

皇国の王侯貴族たちが蛮族とさげすむ西方の異民族たちと犲一族は、遠い昔から貿易で繋がっている。彼らは武人として頭角を現し始めた凱焰と強固な繋がりを持とうと、こぞって一族の若く美しい娘たちを差し出そうとするのだ。敵ではないから斬り捨てるわけにもいかず、常に手を焼かされている。

「その点、跋鬼どもなら倒しても誉められこそすれ、どこからも文句は……どうした？」

いつの間にか俯いていた仁祥の肩が小刻みに震えているのに気付き、凱焰は眉根を寄せた。そこまで跋鬼が怖いのかと心配すれば、ゆっくりと上げられた顔には笑みが浮かんでいるではないか。

「…何故、笑う」

「く…っ、…くくっ、…ああ、すまない。お前にとっては化け物なんかより、女を押し付けられる方が怖いのかと思ったら、つい」

「当たり前だろう。……俺は瓏蘭様だけのものであり、瓏蘭様の夫なのだからな」

ふんっと鼻を鳴らし、凱焰は分厚い胸を張った。夫だと晴れて公言出来るようになった己が誇らしい。

皇国の貴族は複数の妻を持つのが当然であり、皇帝にいたっては後宮に数百人の妃を抱えている。だが凱焰は元より妻など娶る気は無かったし、瓏蘭と出会ってからは、妻にするなら瓏蘭ただ一人だけと決めていた。貢ぎ物の娘たちなど、瓏蘭の澄んだ心を悩ませ、無用の争いごとを招くだけの邪魔者だ。

「相変わらず、お前はあの公子殿下しか眼中に無いか。初夜を終え、思いは落ち着くどころかつのる一方のようだな」

「何か不服でも？」

「まさか。…殿下はあの華宵王の御子とは思えない、心映え優れた御方だ。お前みたいな変た…、…

ごほんっ、一途すぎる男に見初められておいたわしいとばかり思っていたが、あの父君よりはお前の方が百倍はましだろうよ」

「……そこまで、酷かったのか」

凱焔が彩礼の品をわざわざ腹心の仁祥に届けさせたのは、姫家での瓏蘭の待遇を見極めさせるためでもあった。召使いたちに鼻薬を嗅がせ、情報を抜かり無く収拾してはいるが、皇族の邸内に堂々と踏み込める機会はそうそう無い。

「酷いなんてもんじゃない。殿下は唯一の嫡子なのに、邸内でも最も日当たりの悪い西の殿舎に追いやられていた。当主の住まう南殿には華宵王と側室の艶梅、その息子の雄徳が仲良く暮らしているというのに」

「何と……」

「俺が行った時は、ちょうど側室の兄だという貿易商が大量の商品を売り付けに来ていたな。西域渡りの逸品という触れ込みだったんでちょっと盗み見てきたが、本物は一割あればいい方で、あとは見事なまでにがらくた揃いだ。闇市だってもう少しましなものを売ってるだろうよ」

仁祥は嘲笑を浮かべ、肩をすくめる。目利きに優れ、したたかな西方の商人たちから数多の品々を仕入れる仁祥には、笑うしかない光景だっただろう。

「側室の兄……確か、陳《ちん》と言ったか。妹の嫁ぎ先、それも皇族を騙してぼろ儲けか？　ずいぶん肝の太い男だな」

「…いや…、あれはおそらく、本人もわかってないんだろう。たちの悪い仕入れ先から多額の袖の下を受け取って、ろくに品定めもせず持ち込んでいるんだと思う。見る目の無い皇国人を食い物にする詐欺まがいの商人は、どこにでも居るからな」

「そしてその商人に、回り回って華宵王までもが鴨にされているわけか……」

凱焔は前髪をかき上げ、溜息を吐いた。重徳がいくら粗悪品を掴まされ、家を傾けようと何ら心は痛まないが、瓏蘭までもが巻き添えにされるのだけは許せない。

召使いたちの証言により、重徳があちこちの商家や貴族から借財を重ねていることは明らかなのだ。皇族の威光で黙らせていられるうちはいいが…。

「もし借財で首が回らなくなったら…あの男、殿下を色好みの商人に下げ渡しかねんな」

「……っ！」

仁祥に不安をずばりと言い当てられ、凱焔は目の前の扉を勢い良く殴り付けた。吹き飛ばされた扉は向かいの壁に激突し、すさまじい音をたてる。

「……そんなことをしてみろ。皇族だろうと神だろうと、俺が殺してやる」

もちろん、殺す前にこの世のありとあらゆる苦痛を味わわせる。天より高い矜持をへし折り、汚泥を這いずるしかない家畜に堕とし、死して解放される瞬間を待ち焦がれるようになったら、指先から一寸ずつ、何日もかけて切り刻んでやろう。心臓と頭を後回しにすれば、最期の瞬間まで意識は持つはずだ。

骸は飢えた獣に投げ与える。もっとも、脂ぎった俗物の肉など、獣でも跨いで通るかもしれないが…。

「…そのくらいにしておけ、凱焔」

仁祥がぐっと顔を寄せ、耳元で囁いた。見れば、物音を聞き付けたらしい二人の侍女が廊下で腰を抜かし、がたがたと震えている。西方の賊にすら恐れられる凱焔の殺気には、豪胆な犲一族の女も勝てなかったらしい。

「し、…失礼いたしました…！」

無意識にまとっていた殺気を発散させるや、侍女たちはそそくさと退散していった。二人の後ろ姿に、どこか見覚えがある気がする。

「…あれは確か、亡き母上に仕えていた者たちだな。瓏蘭様のもとに差し向けた…」

「そうだ。皇族の公子様なんておっかない方に決まってる、とずいぶん怖がっていたが、すっかり殿下に心を奪われてしまったようだな」

凱焔の許しが出るまで決してこの殿舎には近付かないよう厳命しておいたのに、瓏蘭の身を案じ駆け付けたのだから、仁祥の言う通りなのだろう。慈悲深い瓏蘭に接すれば誰だって魅了され、侍りたくなる。そんなことはこうなる前からわかっていたのに、面白くない。

何故なら――。

「……瓏蘭様にお仕えしていいのは、俺だけだ」

あらゆる雄を誘惑するために生まれてきたとしか思えないあの罪深い肌に痕を刻み、腹の中まで唾液と精まみれにしていいのは凱焔だけなのだ。初夜を過ごし、凱焔は晴れて瓏蘭のものになれたのだから。

うっすら牙を覗かせる凱焔の肩を、仁祥がぽんと叩く。

「あの二人は別に、殿下の妃になりたいわけじゃない」

「……わかっている。だが、面白くない」

「ものは考えようだぞ。古参のあの二人の心を摑めば、この邸ではずいぶん過ごしやすくなる。俺たちが戦場に出ている間、邸を差配するのは女たちだからな。……それは、お前にとっても良いことだろう？」

凱焔が瓏蘭をたった一夜で手放す気など無いことを、仁祥もすでに悟っている。力強い眼差しでそれを確信し、凱焔は頷いた。

「そうだな。…そのためにも、面倒ごとはさっさと片付けなければならん」

「ふっ…、皇国軍を壊滅させた化け物も、お前にかかったら形無しだな。何だか勝てるかもしれないと思えてきたぞ」

「かもしれない、ではない。――勝つんだ」

敗北などありえない。何故なら凱焔が戦うのは常に瓏蘭のためであり、瓏蘭は凱焔の勝利の女神なのだから。

――必ず勝つ。勝って帰る。愛しい瓏蘭に、勝利を捧げるために。

「……ああ。勝とう」

目を瞠っていた仁祥が、すっと右手を差し出した。武器を扱う利き手を預けることは、相手に対する最上の信頼を意味する。

凱焔も右手で握り返し、眼差しを交わし合った。凱焔の瞳に映る仁祥がそうであるように、凱焔もまた戦場に赴く武人の顔になっているだろう。絶望的な戦況に在って味方を鼓舞し、勝てるかもしれないと思わせる者を名将と呼ぶなら、この時の凱焔は間違い無く中原一の名将であった。…たとえ、頭の中は愛しい人でいっぱいだったとしても。

戦士たちの様子を見に行くという仁祥と別れた後、凱焔は臥室に引き返した。さすがにもう半刻もすれば支度に取り掛からなければならないが、最後の別れを惜しんでおきたかったのだ。必ず戻って来るとはいえ、少なくとも一月は瓏蘭の気配すら感じられなくなってしまうのだから。

「瓏蘭様……」

さっきと全く同じ寝相で、瓏蘭は寝息をたてていた。凱焔が呼びかけても、そっと寝台に上がっても、ぴくりとも動かない。

…そういえば、ずっと同じ姿勢で眠るのは身体に良くないと聞いた覚えがある。血の流れが滞り、床擦れが出来てしまうのだ。だから寝たきりの病人などは、定期的に寝返りを打たせてやらなければならないとか。

むろんそれは相当長い期間寝たきりになった場合であり、ほんの数刻で床擦れなど出来るわけがないのだが…。

……瓏蘭様の美しい肌に床擦れなど、あってはならない。

使命感にかられ、凱焔は絹の上掛けの中に潜り込むと、瓏蘭を反対側に横臥させた。その弾みで、蕾に嵌め込んでおいた張形がずるりと抜け落ちる。

「っ…、…瓏蘭様っ…！」

溜め込まされた大量の精液が蕾からどろりと溢れ出るのを目の当たりにしてしまえば、我慢など出来るわけがなかった。凱焔は素早く袴を下ろし、瓏蘭の右脚を上げさせると、一瞬で反り返った肉刀を背後から蕾に突き入れる。

「…ぁ…、……」

瓏蘭はあえかなうめきを漏らしただけだったが、一晩かけて凱焔という雄を教え込まれた蕾は歓喜にざわめき、柔らかく凱焔を締め上げながら歓迎してくれた。初めて貫いた時と変わらない熱さと狭さに、大きく腰を使いながらうっとりと酔い痴れる。この世に、これほどの至福と快楽が存在したなんて――。

「…必ず…、戻って来ますから…」

すっかり凱焔の匂いをまとうようになった耳朶を食み、荒い吐息と一緒に吹き込む。萎えて縮こまった瓏蘭の肉茎を、小さく愛らしい嚢ごと手の内で愛撫しながら。

『わ、…私は…、…まだ、……元服も、済ませていなくて』

羞恥に染まった告白を思い出すだけで、瓏蘭の中に埋めた肉刀は際限無く昂ってゆく。誰にも…女にすら汚されていなかった無垢な人を、大人にして差し上げたのは凱焔なのだ。蘭の花のように清らかな性器を愛で、絶頂に導いたのも凱焔だけ…。

「貴方に勝利を捧げるため…、必ず、戻って来ますから。……だから、それまで俺のことだけを考えて、待っていて下さい…っ…」

骨が軋むほど強く小柄な身体を抱きすくめ、凱焔は花嫁になってくれたばかりの愛しい人に己の痕を刻み続けた。

業を煮やした仁祥が、連れ出しに来るその瞬間まで。

皇帝とその皇子だけが住まうことを許された蒼龍殿は、広さと房室の数に反し、常にひっそりと静まり返っていた。王侯貴族の姫はもちろん、富裕な商人の娘、果ては農民の娘まで五百人以上の妃が後宮に献上されたにもかかわらず、生まれたのはたった一人の皇子と、三人の公主だけ。公主たちは成人まで生母と共に後宮に留まるのが慣例のため、蒼龍殿の住人は皇帝と皇子、たった二人だけなのだ。

むろん、大勢の召使いたちが仕えているから、二人きりというわけではない。それでもそこはかとなく寂しい空気が漂うのは、皇帝も皇子も病みがちなせいだろう。蒼龍皇国の皇族は直系に近付くほど病弱に生まれ、子も生まれにくくなる傾向がある。風邪一つ引いたためしが無く、健康そのものの重徳は稀有な例外だ。

「お加減はいかがですか、皇太子殿下」

「……瓏蘭兄上っ！」

瓏蘭が南向きの広い房室にそっと足を踏み入れると、大きな寝台に埋もれるようにして横たわっていた幼子がぱっと飛び起きた。付き添いの女官を振り切り、寝台から飛び降りようとするのを、瓏蘭は慌てて止めに入る。

「いけません、殿下。まだ病み上がりなのですから、おとなしく休んでいらっしゃらなければ」

「兄上まで、侍医のようなことを言うな。もう五日もおとなしくしておるのに、まだ足りんのか」

「侍医殿は、殿下の大切なお身体を心配されるからこそそう申されるのです。…殿下がまた熱を出されて苦しまれるようになれば、私も悲しゅうございます」

「…む、……むう……」

瓏蘭が悲しげにまぶたを伏せれば、幼子は大きな瞳を怯んだように泳がせた。唇を尖らせ、渋々と寝台に戻る。

「……仕方無い。兄上を悲しませたくないゆえ、もうしばらく休むことにする。兄上を悲しませたくないゆえな」

ちらちらとこちらをうかがう幼子に瓏蘭は微笑み、絹の布団からはみ出した小さな手を握ってやった。…まだ普段より少し熱いのは、熱が下がりきっていないせいだろう。もう二、三日は養生してもらわなければならない。

「ありがとうございます、殿下。殿下はまことに陛下に良く似て、臣思いの優しい御方。それでこそ皇太子殿下でいらっしゃいます」

「…そ…、そうか。うむ、兄上が言うのだからその通りだな」

照れ臭そうに頬を掻く仕草はまだまだあどけなく、病がちのせいで発育の悪い身体は同じ八歳の子どもよりだいぶ小柄だが、この幼子こそが龍永のたった一人の皇子——瓏蘭の従弟にして未来の皇帝、龍晶《りゅうしょう》だ。幼いながらも唯一の皇子としての自覚を持ち、黒々とした大きな瞳には知性の光が宿っている。伯父の龍永に何度も蒼龍殿に招かれ、交流するうちに瓏蘭を慕ってくれるようになり、今では歳の離れた兄と弟のような間柄である。

半分だけでも血の繋がった雄徳とは会話すらろくに無い有り様だから、本物の兄弟以上と言おうか。こうして龍晶のもとを訪ねるのが半分以上見舞いのためというのは、悲しいことだが…。

「熱はだいぶ下がったそうですので、退屈しておいでかと思い、こちらをお持ちしました」

「おおっ…！」

侍従に勧められた椅子に腰かけ、瓏蘭が持参した書物を差し出すと、龍晶は目を輝かせながら受け取った。

貴族の子弟なら必ず学ぶことになる歴史書を、子どもでも楽しめるよう瓏蘭なりに噛み砕き、書き直したものだ。臥せってばかりで学問が滞りがちなのを気にしている龍晶のため、今までも何度か贈ってきた。

「…ありがたいが、……その、大丈夫なのか？」

いつもなら大喜びで読み始めるはずの龍晶が、珍しくためらいがちに問いかけてきた。その頬は、熱のせいではなくほんのりと染まっている。

「殿下？　……大丈夫、とは？」

「だから、その……」

何度も言いかけてはやめるのを繰り返し、龍晶は影のように控える侍従たちに手を振ってみせた。瓏蘭と主君の仲睦まじさを熟知する彼らは無言で一礼し、足音もたてずに退出していく。

「……兄上は犲左監の花嫁に望まれ、三日三晩責め苛まれたのであろう？　だから、身体は大丈夫なのかと……」

「ふあ…っ…!?」

二人きりになったとたん、もじもじと恥ずかしそうに尋ねられ、瓏蘭は椅子から滑り落ちそうになった。兄と慕う従兄の動転ぶりに、龍晶は赤面したままぎゅっと拳を握り締める。

「やはり本当だったのか。兄上も身体が強くはないのに、何といたわしいことを…」

「…お、お待ちください、殿下。その、…私が犲左監に三日三晩も責め苛まれたというお話、一体どなたからお聞きになったのです？」

「女官どもが噂していたが……違うのか？」

あっけらかんとした答えに、頭を抱えたくなった。女官というのはお喋りなものだが、八歳の皇太子の耳に入るようなところでそんな噂話に興じるとは。後で伯父に伝え、それとなくたしなめておいてもらわなくてはなるまい。

……いや、それを言うなら、最も責められるべきは我が父上か。

思わず溜息が漏れてしまった。重徳が人目もはばからず喚き散らしたせいで、瓏蘭と凱焔の一件は居合わせた召使いたちの口からあっという間に広まり、一夜限りの輿入れから十日が経った今や、貴族のみならず庶民に至るまで、寄ると触るとこの噂話で持ち切りなのだ。

今日、蒼龍殿に上がるまでの間もあちこちで好奇心いっぱいの無遠慮な視線に晒され、針のむしろに座らされたような心地だった。瓏蘭が皇族だから誰も厚かましく話しかけてきたりしなかったが、何の後ろ盾も無い下級貴族だったら質問攻めに遭っていただろう。

「…すまぬ、兄上。私は、嫌なことを思い出させてしまったのだな」

いつまでも返事をしないせいで誤解させてしまったのか、しゅんとしょげ返る従弟に、瓏蘭は慌てて首を振る。

「とんでもないことでございます。殿下が私を心配して下さったことは、よくわかっておりますから。…それに…、…私が左監に望まれたのは、事実でございますゆえ」

「事実…、なのか…」

「はい。…三日三晩と申すのは、さすがに尾ひれが付きすぎかと思いますが…」

瓏蘭は椅子に座り直し、ことの次第を手短に説明していった。下手に誇張された噂話を聞かれるよりは、瓏蘭自身の口から真実を告げた方がいいと判断したのだ。幼いとはいえ、龍晶は皇太子。病弱な龍永に万が一のことがあれば新たな皇帝となる立場だし、瓏蘭の話を理解するだけの知性と度量も持ち合わせている。

「兄上、……すまない。この通りだ」

全てを聞き終えるや、龍晶は上体を起こし、そっと頭を下げた。皇太子が拝礼すべきは、父親の皇帝ただ一人。兄弟同然の従兄相手でも、頭を下げるなどあってはならないのに。

「…で、殿下…!? いけません。私にそのような真似をなさっては…！」

「兄上だからこそ、こうするのだ。本来ならば跋鬼の誅滅は、蒼龍より宝珠を授けられた皇帝の責務。父上が臥せりがちな今なら皇太子たる私が軍勢を率いなければならないのに、犲左監に出陣させた挙句、その代償を兄上に支払わせてしまったのだから…」

「殿下……」

……ああ、この御方は間違い無く伯父上の御子…帝位を受け継ぐべき御方なのだ。

温かなものが、最近ささくれがちな瓏蘭の心にゆっくりと染み渡っていった。

凱焔と共に龍玉殿に上がった時、龍永もまた玉座から降り、瓏蘭を優しく気遣ってくれた。身体は弱くても、伯父と従弟は為政者として得がたい資質――弱き立場の者を思い遣る心を生まれながらにして持っている。…重徳とは正反対に。

「……ありがたき仰せにございます。されど、私もまた皇族として当然の務めを果たしただけのこと。殿下が己を責められる必要などございません」

「そうは申すが、兄上。その当然の務めとやらを果たすどころか、時節もわきまえずにはしゃぐ輩が居るのではないか？」

瓏蘭に促され、再び寝台に横たわりながら、龍晶は心配そうにこちらを見上げた。父たちと瓏蘭の不仲は、当然、この従弟も知っている。ここ最近の重徳の言動も、女官たちから聞き及んでいるに違いない。はっきり口にしないのは、瓏蘭を悲しませまいという思い遣りゆえだ。

——一夜限りの花嫁の任を果たし、邸に帰った瓏蘭に向けられたのは労いの言葉ではなく、父や異母弟たちの嘲笑だった。

『よくもまあ、のこのこと我が家に戻れたものだな。獣に穢された身でありながら、厚かましいにもほどがある』

重徳が近付くなとばかりに扇子をかざせば、雄徳は父親そっくりな表情を浮かべ、買ってもらったばかりだという宝剣をこれ見よがしに構えた。

『どうせなら、そのまま住み着かれれば良かったのに。戦場を這いずり回ってばかりの獣どもになら、兄上の医術もありがたがられるでしょう』

『御家のことなら、何も心配なさらなくてよろしいのですよ。わたくしの可愛い雄徳が、立派に殿をお助けしましょうから』

重徳にしなだれかかり、艶梅は勝ち誇ったように微笑んでいた。身分高い正室の嫡男たる瓏蘭と、商家出身の側室の庶子に過ぎぬ雄徳。二人の間には越えられない身分の壁がそびえているが、瓏蘭が犲一族の長の花嫁とされたことで、雄徳が異母兄を差し置いて家督を継げる可能性は高くなった。そう期待を抱いたのだろう。

それはきっと重徳も同様だ。…優しい従弟には言えないが、凱焔との噂がこれほど早く広まったのは、召使いたちだけのせいではなく、重徳が敢えてあちこちに言いふらしたからではないかと瓏蘭は疑っている。前々から溺愛する雄徳を跡継ぎに据えたがっていた重徳にとっては、千載一遇の好機だ。その結果、もう一人の息子がどれほど傷付こうと悲しもうと、重徳の心はまるで痛まない。父の愛する息子は、雄徳だけだから…。

「…兄上…」

そっと手を重ねられる感触で、瓏蘭は我に返った。…いけない。見舞いに来たのに心配をかけてしまっては、本末転倒だ。

「私は大丈夫です、殿下。伯父上…皇帝陛下が、父には口出しをさせぬと約束して下さいましたから」

「しかし…」

「私などよりも、どうかご自分の身体をおいとい下さい。殿下は陛下のたった一人のお世継ぎであり……畏れ多いことではございますが、私にとって弟のような御方なのですから」

「……！」

瓏蘭の微笑みに瞠目した龍晶の小さな顔が、ぼんっと音がしそうな勢いで真っ赤に染まった。まさか熱がぶり返したのかと慌てて額に触れるが、さほど高くはない。

「だ、大丈夫だ、兄上。大事無い」

「…確かに、熱は高くありませんが…万が一のことがあってはいけません。侍医殿をお呼びしなければ」

「そっ…、それだけはやめてくれ。あやつはすぐに苦い薬を飲ませようとするのだ」

よほど苦手なのか、龍晶は涙目だ。気丈な従弟にそんな顔をさせる薬がほんの少し気になったが、袍の袂を摑んで懇願する龍晶が可哀想になり、瓏蘭はそっと手を引っ込める。

「わかりました。侍医殿には黙っておきますが、その代わり今日は一日寝台から出ず、大人しくお過ごし下さいますね？」

「……う、うむ。もちろんだ」

この分では、熱があらかた下がったのをいいことに、侍従の目を盗んであちこち歩き回るつもりでいたのだろう。瓏蘭は苦笑し、ねだられるがまま見舞いの品だった書物を読み聞かせてやる。

嬉しそうに耳を傾けていた龍晶がうとうとし始め、まぶたを閉ざすまで、ほんの半刻もかからなかった。何度か試しに呼びかけてみるが、目覚める気配は無い。本人は回復したつもりでも、身体は疲労が抜けきっていなかったのだろう。

室外に控えていた侍従を呼んで後を任せ、瓏蘭は龍晶の房室を退出した。花園を囲む回廊の欄干《らんかん》にもたれ、澄んだ青空を見上げる。…同じ空の下のどこかで、あの男は今も戦っているのだろうか。

「……凱焔……」

十日前――瓏蘭が目を覚ました時、すでに凱焔は仁祥及び一族の戦士たちを伴い、出陣した後だった。死地に赴かされるにもかかわらず士気に満ち溢れ、皇都を行進する威風堂々たる姿に、普段彼らをさげすむ民たちも圧倒されるばかりだったという。

しかし、世話役の侍女たちの話に聞き入る余裕など、当時の瓏蘭には無かった。絹の上掛けを一枚めくられれば、その下には首筋から足の先まで凱焔の痕を刻まれた裸身があり……尻のあわいには、何やら硬いものを嵌め込まれているという有り様だったのだから。

世話を焼きたがる侍女たちをどうにか下がらせ、用意してもらった湯殿で恐る恐るそれを抜き取ったとたん、凱焔が一晩かけて注ぎ込んだ精液がぼたぼたと溢れ出た。そら恐ろしくなるほどの量の精液を長い間かけて掻き出しながら、胸が締め付けられたのを覚えている。

これだけ注がれたら、女子なら確実に孕んだだろうに、瓏蘭では決して実を結ばないのだ。……そんな意味の無い行為のために、凱焔は二度と帰れない戦場へ旅立っていったのだ。

――貴方に勝利を捧げるため…、必ず、戻って来ますから。

夢現にそう囁かれた記憶がかすかにあるけれど、未だ皇都には何の報告ももたらされてはいない。たった十日しか経っていないのだ。報告などあるわけがないと思い込もうとしても、嫌な予感がちくちくと胸を刺す。何の連絡も無いのは、すでに凱焔たちが一人残らず跋鬼に喰われてしまったからではないのか…と。

「凱焔…、…私は…」

ぎゅっとまぶたを閉ざし、嵐のようだったあの晩を思い返せば、蹂躙されていた記憶しか無い。正面から向き合い、獣のように這わされ、横臥させられて片足を抱え上げられ、胡坐をかいた凱焔の膝に乗せられ……焼き切れた意識がふっと戻るたび、違う体勢で凱焔を銜え込まされていた。平らだったはずの腹はうっすらと膨らまされ、注がれた精液がたぷんたぷんと波打っていた。このまま犯し殺されるのではないかと、本気で恐ろしくなった。

…痛みもあった。一晩じゅう蹂躙された蕾は数日腫れと疼痛が引かなかったし、無理な体勢を取らされたせいで全身がぎしぎしと軋んでいた。快感と呼べるものなどほとんど得られなかったはずなのに――思い浮かんでくるのは焔のように熱い肉体に抱きすくめられた感覚と、瓏蘭に股間を踏みにじられ、快楽に歪んだ凱焔の男らしい顔だ。

『瓏蘭様……』

耳の奥にこびりついた囁きがよみがえり、瓏蘭はぞくりと背を震わせた。…どうしてなのだろう。どうして、凱焰と過ごした一夜の記憶をたどるたび、この身体はじわじわと焼かれているかのように燃え上がるのだろう。べとべとだった肌は洗い清め、腹の中の精液もすっかり掻き出してしまったはずなのに。

袴の上から、そっと内腿に触れる。十日が過ぎ、全身に刻まれた紅い痕はほとんどが薄くなりつつあるが、食いちぎられそうな強さで噛まれたここだけは、未だはっきりと凱焰の噛み痕を留めていた。凱焰に思いを馳せれば、この傷跡は決まって疼き出す。まるで、俺を忘れてくれるなと訴えるかのように。そうして傷跡をなぞっているうちに、瓏蘭は…。

「……っ…」

頭にかかりかけた靄《もや》を、瓏蘭はぶんぶんと首を振って追い払った。行儀悪さを承知で、乱暴に頭を掻きむしる。

……何を考えているんだ、私は。内延とはいえ、ここは宮城なのに。

何度か深呼吸を繰り返すうちに、傷跡の疼きも治まっていった。欄干から身を起こし、従者を待たせてある控えの間に向かって歩き出す。

凱焰の出陣から十日。重徳やその取り巻きたちは、山犬どもは今頃跋鬼の腹に収まっているだろうと嬉しそうに噂しているけれど、瓏蘭にはそうは思えなかった。凱焰が…瓏蘭に生まれて初めて雄の情熱を教えた焰の化身のような男が、跋鬼ごときにむざむざと倒される姿を、どうしても想像出来ない。

……あの男は何故、私などを見初めてしまったのか。せめて貴族の姫であれば、跋鬼誅滅に名乗りを上げずとも娶れただろうに。

「…公子殿下、こちらにおいででしたか…！」

何度目とも知れぬ疑問に、首を傾げた時だった。ばたばたと足音も荒く回廊を渡ってきた若い侍従が、瓏蘭の前にひざまずいたのは。

礼儀作法を叩き込まれたはずの侍従のただならぬ形相に、瓏蘭はさっと青ざめる。

「…伯父上…、陛下に何かあったのか？」

このところ花冷えが続いたせいか、龍晶を見舞う前に訪ねた伯父は顔色も悪く、時折咳き込んでいた。それでも政を滞らせるわけにはいかないからと、執務に励んでいたのだ。

己が麗しの公子に勘違いをさせてしまったと気付き、侍従は急いで息を整えた。

「い…、…いいえ、陛下には何事もございません。それどころか、たいそうお喜びでいらっしゃいます」

「…お喜び…、だと？」

「はい。……先ほど、犲左監からの早馬が到着いたしました。長城周辺に押し寄せていた跋鬼どもを殲滅し、三日後には皇都に帰還されるそうでございます…！」

高らかに報告する侍従の顔は、歓喜に輝いている。思いがけぬ勝利の一報は瞬く間に宮城を駆け巡り、あちこちで歓声が上がることだろう。

――瓏蘭様、瓏蘭様……。

この十日間、頭の奥に絶えず響いていた声がにわかに大きくなる。…瓏蘭は一夜限りの花嫁。あの熱病に浮かされたような夜が終わった今、何の関係も無い。忘れなければいけないのだと己に言い聞かせれば言い聞かせるほど、情欲を教え込まれた肌は熱を孕んだ。凱焔だけしか男を知らない瓏蘭には、どうしようも出来ないくらいに。

――必ず戻ってきますから。……貴方に勝利を捧げるため、必ず。

ずきん、とかつてないほど強く疼いた内腿の痕を、袍の上からとっさに押さえる。震える肩を背後から荒々しく抱き締められた気がして、瓏蘭はあえかな息を吐いた。


犲凱焰、跋鬼の群れを見事に誅滅す――その一報は、瓏蘭の予想をはるかに上回る速さで皇都を駆け巡った。

追って入った続報によれば、凱焰率いる犲一族の軍勢が誅滅したのは長城のほころびから押し寄せようとしていた群れであり、北の草原の跋鬼を全滅させたわけではないという。しかし皇国軍の精鋭部隊が二度までも惨敗を喫し、一人も帰らなかったことをかんがみれば、未曾有の快挙と称賛されて然るべきだった。

――宮城に一報がもたらされてから、三日後。皇都の民は誰の指示を受けるでもなく大通りに詰めかけ、凱焰一行の凱旋を歓呼して迎えた。蒼龍が善良な人々を守るために築いた長城を、化け物が越えられるわけがない。そう高をくくりつつも、犲一族までもが誅滅に駆り出され、不安を抱いていた民たちにとって、凱焰は今や皇国軍の頂点に立つ大将軍をしのぐ英雄なのだ。

見物に繰り出した召使いによれば、犲一族は出陣した時より数を減らしたものの、八割ほどが無事に帰還したらしい。これもまた快挙だが、人々をさらにどよめかせたのは、軍勢の先頭に朱槍で掲げられた首級《しゅきゅう》だったそうだ。

腐り果て、誰もが目を背けずにはいられぬほど醜くおどろおどろしいそれは、凱焰自ら討ち果たしたという跋鬼の群れの首魁《しゅかい》のものだった。あまりの禍々しさに、民は跋鬼への恐怖を新たにしたという。

その反面、恐ろしい跋鬼を打ち払ってくれた凱焔に対する民の人気と信頼はうなぎ上りになった。一族の者以外寄り付こうとしなかった凱焔の邸は民に囲まれ、目端の利く豪商や貴族たちまでもが連日詰めかけている。掌を返したような熱狂ぶりは、邸からろくに出ない瓏蘭のもとにまで流れてくる。

二年前、左監門将軍に任じられた頃の凱焔は擦り寄る者をことごとくはねのけていたが、今回は少々違うようだ。ごく少数ではあるものの、官吏や同じ軍属の者たちなどを邸に迎え入れ、誼みを通じているらしい。取りも直さず、それは凱焔——犲一族がただ戦場に駆り出されるだけの走狗に甘んじず、宮城での立場を確立していくつもりだという意志表示である。

「…全くもって、厚かましい！」

飲み干した杯を、重徳はだんっと卓に叩き付けた。吐き出された酒臭い息に、給仕役の女官ばかりか取り巻きの貴族たちまでもが眉を顰めるが、まるで気付いた様子は無い。まだ誰も箸をつけていない料理の皿を次々と平らげ、杯を重ねながら、卓を取り巻く貴族たちに喚き散らす。

「たかが化け物の群れを退治したくらいで、人間と同じ扱いを求めるとは。どうせなら、そのまま草原に住み着いてしまえば良かったのじゃ。…そう思うであろ？」

「…は…、はあ…」

赤ら顔で同意を求められ、重徳の隣に立たされた貴族は弱々しく視線をさまよわせた。

無理も無い。ここは取り巻きたちがいつも招かれる姫家の邸ではなく、宮城…それも皇帝が龍玉殿にて主催する、凱焔の勝利を祝うための宴の席なのだから。皇帝その人が玉座から睥睨《へいげい》しているというのに、主賓を真っ向からこき下ろす重徳に同調など出来るわけがない。

……父上も、酷なことをなさる。

瓏蘭はそっと溜息を吐いた。自分が父の近くに居れば止められるのだが、あいにく瓏蘭の席は同じ皇族用に設えられた卓子でもより玉座に近く、末席の重徳とはかなり離れている。瓏蘭と重徳の不仲を慮った龍永が、瓏蘭を己の近くに置いた結果だ。

忌み嫌う息子より下座に置かれたことが、重徳の苛立ちをいっそう煽《あお》っているのだろう。招かれもしないのに伴ってきた雄徳を、庶子は皇族とは認められないからと門前払いされてしまっては、なおさら荒れるというものだ。

こんな時龍晶が居てくれれば気も紛れるのだが、龍永の方針により、幼い皇太子は元服まで酒宴の類には出席しないこととされていた。女人は公式の宴には元々参加出来ないから、皇族用の席は重徳と瓏蘭だけという寂しさだ。

ふと視線を感じて振り返れば、龍永が心配そうにこちらを見下ろしていた。大丈夫です、と瓏蘭は肩越しに微笑みを送る。

皇帝と皇族が打ち揃って凱焔の凱旋を祝うのは、皇国として祝意を表するためにも必要不可欠だ。瓏蘭の感情など、考慮する余地も無い。

……凱焔……。

昼から零れそうになった名を、果実酒と一緒に呑み込む。…凱焔が皇都に帰還して七日が経ったというのに、あの男からは何の連絡も無い。

……いや、それが当たり前ではないか。私はたった一夜、花嫁になったに過ぎない。あの男とはもう、何の関係も無い身なのだから……。

物憂げに杯を揺らしている間も、少し離れて設えられた貴族用の席からは好奇に満ちた眼差しが絡み付いてくる。瓏蘭が凱焔に花嫁として求められたことを、知らぬ者は居ない。ありえないはずだった一夜限りの花嫁とその夫の再会を見逃すまいと、誰もが目を皿のようにしている。そう、重徳の取り巻きたちさえも。

いつもは己に媚びへつらう者たちが、まるで上の空なのが気に食わなかったらしい。悪鬼のような形相で重徳が杯を投げ付けようとした時、銅鑼《どら》の音が響き渡った。

「——犲左監門将軍、入場！」

よく通る声で奏上し、衙兵たちは昇龍が彫り込まれた重厚な扉を数人がかりで開いた。早春のやや冷たい風と共に現れた長身の男に、一同の視線は吸い寄せられる。

おお……、と誰かが漏らした溜息は瞬く間に隅々まで伝染し、どよめきに変わっていった。成り上がりの獣めが、と罵倒する者は一人も居ない。重徳さえも杯を手にしたまま、ぽかんと口を開けている。

……あれは、凱焔……なのか？

身動ぎ一つ出来ず、瓏蘭はゆっくりと進む男をただ呆然と見詰めた。ここに凱焔以外の者が現れるはずがない。かつてと同様、緋色の袍をまとった偉丈夫は凱焔でしかありえないのに、にわかには信じられなかった。だって……、だって。

「……傷、が……」

口を突いて零れた声は、涙に濡れていた。初夜の床で嫌というほど見せ付けられた、凱焔の端整な顔。傷一つ無かったはずのそこに、右目を斜めに走る大きな傷跡が刻まれている。皮肉にもそれが鬼神のごとき凄みを与え、犲一族を侮蔑する貴族たちすらひれ伏させずにはいられない覇気を発散させてはいるけれど――。

……痛い、だろうに……。

称賛、羨望、嫉妬。様々な感情が渦巻く空気の中、凱焰は小揺るぎもしないが、未だ真新しい傷は相応に痛むはずだ。宴になど出ず、邸で養生しなければならないのに。

「……瓏蘭、様」

どよめきに混じったかすかな呟きを、凱焰は驚異的な耳で聞き取ったようだ。玉座の斜め前の席に座した瓏蘭を一瞥しただけで見付け、灰青の双眸をぱあぁっと輝かせる。

――どくん、と心臓が高鳴り、あの夜からずっとくすぶり続けていた炎が燃え上がった。凱焰の生命の息吹と共に注ぎ込まれた、情熱の焰が。

「っ……」

「瓏蘭様、瓏蘭様、瓏蘭様……！」

内腿の疼きにうめく瓏蘭のもとへ、凱焰は放たれた矢のごとく走り寄った。衛兵たちが泡を喰って止めにかかるが、跋鬼の群れすら誅滅した巨軀の武人にはてんで歯が立たず、片手で振り払われてしまう。

「…犲左監！　乱心めされたか⁉」

「止まられよ、犲左監！」

衛兵たちの制止の声も、貴族たちの悲鳴も凱焰の耳には入らない。杯を取り落としてしまった瓏蘭の足元に、凱焰はがばりとひざまずく。全身を歓喜に震わせながら。

「…瓏蘭様…、…約束通り、戻って参りました。貴方のもとへ……」

あの夜とは違い、飾り気の無い黒絹の沓に包まれた瓏蘭の足を、凱焔はそっと押しいただく。もはや約束の夜は終わったのだから、無礼者と蹴り飛ばすべきだ。理性ではわかっているのに、身体は動かなかった。…死線を越え、業火と化した焔を宿す灰青の瞳に捕らわれてしまっては。

「…何と…、やはりあの噂は真実であったのか…！」

「山犬が、水晶の君を分不相応にも花嫁に賜りたいと、畏れ多くも陛下に直訴したのであろう？」

「麗しい公子殿下が、左監のあの巨体に組み敷かれたというのか。天女と野獣ではないか…」

波のように押し寄せてくる貴族たちのざわめきが、妙に遠くに聞こえた。瓏蘭の耳もまた、凱焔の声と己の鼓動しか聞き取れなくなってしまったのだろうか。

「…がい、……犲、左監……」

強張る喉からやっと声を絞り出せば、凱焔は右目を縦断する傷跡ごと、くしゃりと悲しげに顔を歪ませる。まだわずかに赤みを孕んだ傷跡は痛々しく、瓏蘭の心臓をちくりと痛ませた。

眼球は無事なようだから、傷そのものは深くないのだろうが、凱焔が顔面に攻撃を許すくらいだ。跋鬼との戦いは苛烈を極めたに違いない。勝利を収めた犲一族とて、二割の戦士たちは還らなかったのだ。遺された家族は、戦勝の喜びの陰で泣いただろう。

けれど凱焔は戻って来た。約束通り、瓏蘭のもとに——。

「……よく、戻った。……凱、焔……」

主人に撫でてもらえるのを待つ大型犬のような姿が、遠い記憶の奥底に沈むかすかな光景に重なった。何だったかと思い出すより早く、目の前の巨軀は歓びを爆発させる。

「————っ！　瓏蘭様…、…はい…、瓏蘭様……！」

百官が打ち揃ってもなおゆとりのある龍玉殿に咆哮をとどろかせ、凱焔は至福の表情で瓏蘭の足に頬を擦り寄せた。あの夜、執拗に教え込まれたのと同じ熱が再び流れ込んでくる。

——貴方のために、戻って来ました。

ひたと注がれた灰青の双眸が、言葉よりも雄弁に訴える。わななく瓏蘭の柔肌を、情熱の焔で焼き焦がしながら。

——貴方を誰にも渡したくない。一夜だけでは足りない。もう一度この足にひざまずきたいと……それだけを切望しながら、俺は……！

「…あ…、……」

皇帝の御前で何をしているのかと咎めなければならないのに、一言でも発した瞬間襲いかかられてしまいそうで怖かった。袍の襟元からわずかに覗くうなじ、薔薇色に上気した頬、白い手。正装からほんの少しだけ露出した肌を眼差しに焼かれるたび、あの夜の快楽を無理やり引きずり出されそうになる。

「——犲左監よ」

どうすることも出来ず震える瓏蘭を見兼ねてか、玉座から龍永が助け船を出してくれた。

幸いにも、皇帝直々の声掛けを無視するほど狂ってはいなかったようだ。水を打ったように静まり返る空気の中、凱焔は名残惜しそうに瓏蘭の足を解放し、玉座の前で平伏する。

「こたびの働き、まことに見事であった。跋鬼どもに怯えていた民たちは、安堵に胸を撫で下ろしたことであろう。余も満足しておる」

民を第一に思う龍永らしい労いの言葉だ。思わず唇を綻ばせる瓏蘭とは対照的に、重徳は苦虫を嚙み潰したような顔で杯を傾けた。皇帝がじかに称賛した以上、もはや公の席で凱焔を貶《けな》せなくなってしまったからだろう。

「勿体無き仰せ。陛下が臣をご信任下さり、誅滅をお命じになったからこそでございます」

「うむ。…されど、そなたが成したは後世に語り継がれるべき偉業である。ついては、戦費とは別に褒美を取らせよう」

龍永の目配せを受け、腹心の侍郎が進み出た。捧げ持った朱塗りの盆には、大きく膨らんだ皮袋が三つと、丸められた書状が載せられている。皮袋の中身は金貨だろう。あの量なら戦費を補った上、戦死者たちの遺族にもじゅうぶんな補償をしてやれるはずである。

そして書状は、おそらく領地の安堵状だ。皇国において一定以上の官位に在り、貴族と呼ばれる者は、必ずどこかの領主でもある。つまり領主であることが貴族の条件なのだが、凱焔は将軍位まで戴きながらこれまで領地を有していなかった。犲一族をさげすむ高位貴族たちが、獣を自分たちと同じ貴族にしてたまるかと、裏で根回ししてきたからだ。…その貴族たちの中には、重徳も含まれている。

しかし、皇国軍が二度までも失敗した跋鬼誅滅を成し遂げた今、凱焔を名実共に貴族に引き立てようとする龍永の恩情に、表立って反対出来る者は居ない。建国以来の名門貴族だろうと、侍郎から安堵状を恭しく受け取る凱焔をただ苦々しげに見守るしか出来ない。ここで否やを唱えるとするのはよほどのうつけか、空気を読めない愚か者だけのはずだったのだが——。

「…へ…っ、陛下、お待ち下され！」

その二つの条件を満たす者…重徳が、酌をさせていた女官を突き飛ばしながら立ち上がった。痛みにうめく女官には一瞥もくれず、大きく腕を広げて玉座の兄に訴えかける。

「……黙っておれ、重徳。そなたに発言を許した覚えは無いぞ」

「いいえ、黙りませぬ。…黙ってなどいられませぬ。我ら栄誉ある皇国貴族に、薄汚い山犬が連なるとあっては…！」

龍永が不快を露わにしても、構わずぎゃんぎゃんと喚きたてる重徳の方がよほど山犬のようで見苦しい。そう感じるのは瓏蘭だけではないだろう。列席する貴族たちの半数以上は、皇族席の重徳に冷ややかな眼差しを送っている。

当の凱焔はといえば、苛立つでも困惑するでもなく、片膝をついたまま泰然と構えていた。子犬に絡まれたくらいでは小揺るぎもしない狼のような態度がまた、癪《しゃく》に障るのだろう。重徳は突き出た腹を震わせ、唾を飛ばす勢いで力説する。

「この山犬風情にやすやすと殲滅されたくらいですから、跋鬼どもなど恐れるに足らぬ存在に決まっておりますす。武勇に優れた我が子雄徳は、群れの一つどころか草原全ての跋鬼どもを誅滅してみせると申しておりましたぞ…！」

「…っ…、…父上！」

忌々しそうに睨み付けてくる重徳を、瓏蘭は毅然と見詰め返した。もはや、聞き捨てなど出来ない。だって瓏蘭は知っているのだ。凱焔がどれほどの決意で化け物の跋扈《ばっこ》する戦場に赴いたのか…どれほど生きたいと願っていたか。その思いは瓏蘭の白い肌に刻み込まれ、今もなお疼きをもたらすのだから。

「いかに皇族であろうと…いいえ、皇族であるからこそ、今のお言葉は許されません。跋鬼どもが恐れるに足りぬ存在であるなどと……犲左監はもちろん、国を守るために散っていった兵士たちや犲一族の者たち全てに対する侮辱です」

「…う…、黙れ！　無位無官の若造が、華宵王たる儂に無礼であるぞ！」

「私の主君は父上ではなく、畏れ多くも皇帝陛下であられます。陛下が黙れと仰せになるなら従いましょうが…」

ちらりと振り返れば、龍永は玉座から我が意を得たりとばかりに頷いてくれた。

皇帝が瓏蘭の味方に付いたのに加え、軍閥貴族たちが怒気を滲ませていることにも今更気付いたのだろう。目に見えて顔色を悪くしつつも、重徳は引き下がらない。いや、瓏蘭相手では引き下がれないのか。子どものように地団太を踏み、取り巻きの貴族の手から杯を取り上げる。

「うるさい、うるさいうるさいっ！　山犬の慰み者めが、儂に逆らうな！」

「……っ⁉」

怒り狂った重徳が、なみなみと酒の注がれた杯を瓏蘭の顔面に投げ付けた。瓏蘭の目が捉えきれたのはそこまでだ。

…だから、わけがわからなかった。何故、玉座の前で跪いていたはずの凱焔に引き寄せられ、腕の中に匿われているのか――。

「……お怪我は、ございませんか」

低い声で問う凱焔の袍の袖は酒に濡れ、その足元には空の杯が転がっていた。瞬きの間に駆け付け、重徳の暴挙から守ってくれたのだと、瓏蘭はようやく理解する。

「大丈夫…、だ。…私より、そなたの方こそ…」

「これしき、何ということはございません。…貴方がご無事で良かった」

安堵に緩む声音と袍越しに伝わる体温が、いつの間にか強張っていた身体を慰撫してくれた。あの

まま杯が顔面に直撃していたら、最悪、割れた破片で失明したかもしれない。今更ながら恐怖に襲われ、震える瓏蘭を、凱焔は痛ましそうに抱き締める。

「…めでたき祝宴で、仮にも我が子を傷付けようとするとは…」

珍しく苛立ちを露わにした龍永が、侍郎に手を振った。侍郎は一礼し、配下の侍従たちと共に重徳を取り囲む。

「我が弟といえど見過ごせぬ。……しばしの間、登城を禁ずる。邸で頭を冷やすが良い」

「あ、……兄上⁉」

酔いと怒りで真っ赤だった重徳の顔が、一気に青ざめた。貴族にとって、特権でもある登城を禁じられるのは領地の召し上げにも勝る屈辱的な処罰なのだ。皇族の血筋と名誉に縋って生きてきた重徳には、天地が引っくり返ったかのような衝撃を与えただろう。

「…お考え直し下さい！　私はただ、兄上……いえ、陛下の御前で無礼を働いた息子を咎めようとしただけ…ただの躾だったのでございます…！」

「躾だと？　…そなたは、躾でこのような真似をするのか？」

「言い聞かせてわからぬ者には、実力で思い知らせてやるしかないではありませぬか！」

……やめろ。もう、やめてくれ……！

凱焔の逞しい腕に額を押し付け、瓏蘭はきつくまぶたを閉ざした。あんな男が父親だと思うだけで、情けなくて涙が出てしまいそうだ。何とか登城の禁止だけは撤回して欲しいのだろうが、重徳が懸命になればなるほど恥を上塗りするばかりだというのに。

「連れていけ」

呆れ果てた龍永が命じると、取り囲んでいた侍従たちが重徳を両側から取り押さえた。重徳はみっともなく喚きながら抵抗するが、数人がかりでは敵うはずもなく、ずるずると引きずられていく。

鼻つまみ者の退場に、思いがけない人物が待ったをかけた。

「――陛下。畏れながら、華宵王殿下とお話をさせて頂けないでしょうか」

「何……？」

突然の凱焔の提案に、戸惑っているのは龍永だけではない。瓏蘭もだ。だが何のつもりか尋ねたくても、しっかりと腕の中に囲い込まれてしまっては身動ぎ一つ叶わない。

「……良かろう。許可する」

瓏蘭を放そうとしない凱焔をじっと見詰めてから、龍永は鷹揚に頷いた。すると凱焔は恭しく一礼し、侍従たちに捕らえられた重徳に向き直る。

「貴様…、…ひ、ヒィッ⁉」

この無礼者、と怒鳴り付けようとして、重徳はあちこちたるんだ身体をぶるりと震わせた。まるで、飢えた肉食獣に遭遇した鼠のように。だが今、重徳の前に立ちはだかるのはもっとたちの悪いモノ――愛しい主を傷付けられ、怒り狂う犬なのだ。

「…華宵王殿下。瓏蘭様のお父上であられる貴方様には、ずっと申し訳無く思っておりました。瓏蘭様をお迎えするに当たりお届けした彩礼の品に、ご満足頂けなかったようですので」

「…い…、今更、何故そんなことを…」

「しかしこのたび、ようやく殿下にご満足頂けそうな品を用意出来ましたゆえ、こちらにお持ちいたしました。……仁祥！」

重徳の応えなどまるで聞かず、凱焔は武将らしいよく通る声を張り上げた。ほどなくして参上した仁祥は、巨大な銀の盆を捧げ持った召使いを引き連れている。

「さあ——お受け取りを」

凱焔の合図に従い、仁祥は銀の盆にかぶせられていた布を取り去った。

「ひぃいいいい…っ…！」

その瞬間、重徳は股間を生温かい液体で濡らしながら絶叫し、がくんと気を失った。あちこちで悲鳴が上がり、給仕の女官ばかりか、招待された文官たちまでもがばたばたと倒れていく。どうにか意地で堪えた武官たちも口元を押さえ、吐き気を堪えていた。

凱焔に抱き締められていなければ、瓏蘭も醜態を晒してしまったかもしれない。何故なら、凱焔が用意した彩礼の品とは——。

「我が手にて討ち果たしました、跋鬼どもの群れの長の首級にございます」

どろどろに腐った肉をまとわり付かせた化け物が、銀盆の上で恨めしげに目を見開いていた。

それから四半刻も経たずに、祝宴はお開きとなった。

いいや、正確には続行不可能になったと言うべきか。招待客の半数以上が倒れ、侍医のもとに運ばれてしまっては、もはや宴どころではない。

『めでたき祝いの宴に、このようなおぞましいモノを持ち込むとは…』

『いかに武勲第一の犲左監といえど、許されませんぞ！』

かろうじて正気を保った招待客たちは憤激し、凱焔を処罰するよう龍永に訴えた。伝統的な皇国貴族は穢れを徹底的に嫌っており、武官でありながら実戦で武器を振るったことすら無い者も多い。化け物の首など目撃させられては、身の内に穢れをぶちまけられたような心地だろう。

『病だの何だのと理由をつけて自領に引きこもっておった者どもが、自ら跋鬼どもと戦った左監に、賢《さか》しらに物申すつもりか？』

だがそんな彼らも、皮肉に満ちた龍永の下問には畏縮するしかなかった。龍永は跋鬼の首に眉一つ動かさず、皇帝の威厳を見せ付ける。

『左監よ。そなたの武勲の証、しかと見せてもらったぞ。これほどのモノ、重徳ごときには勿体無いゆえ、余が譲り受けようと思うが如何か？』

『ありがたき仰せにございます』

――かくして跋鬼の首は皇帝に献上され、凱焔の武勲と地位は不動のものとなった。

もはや重徳さえも、凱焔を…犲一族を獣だとさげすむことは許されない。皇国の民たちの見る目も変わっていくだろう。あるいはそれこそが、凱焔が勝ち取った最大の功績なのかもしれない。今日をもって、犲一族は名実共に皇国の民として受け容れられたのだ。

そして、瓏蘭は――。

「貴方をあの男と一緒に帰すわけには参りません」

波乱に満ちた宴が終わった後、凱焔は当然のような顔でそう言い放つと、瓏蘭を軽々と抱き上げた。

跋鬼の首の衝撃に打ちのめされていた瓏蘭はあれよあれよという間に龍玉殿を連れ出され、我に返った時には凱焔と二人、犲家の馬車に乗り込んでいたのだ。…しかも凱焔の膝の上に乗せられるという格好で、腰紐の緩められた袴の中には大きな掌が入り込んでいた。

「が…っ…、凱焔っ……」

贅を凝らした馬車といえど、分厚い緞帳《どんちょう》を隔てた向こう側には御者が居る。ふとした弾みで緞帳がめくれ上がれば、外から丸見えになってしまうのだ。慌てて硬い膝の上から退こうとする瓏蘭を、凱焔は逃すまいときつく抱きすくめた。

「……あ、あぁ…っ！」

ごりりと硬いものを尻のあわいに押し付けられ、全身から力が抜けた。くずおれる瓏蘭に嬉しそうに頬を擦り寄せ、凱焔はいそいそと器用に袴の中の手をうごめかせると、瓏蘭の下帯を緩めてしまう。

……この男は……、まさか。

甘い疼きにも似た危機感を覚えた瞬間、きつく閉ざされた蕾に長い指がずぶずぶと沈み込んできて、瓏蘭は確信せざるを得なかった。…この男は、よりにもよってこんなところで瓏蘭を犯そうとしているのだと。

「……もう、我慢出来ない……」

やめろと怒鳴り付ける前に、熱い吐息が耳朶をくすぐった。

「貴方を置いて出陣したあの日から……ずっと、貴方の中に入りたくてたまらなかった。俺の居ない間、他の男が貴方に色目を使っていないか、さらわれはしないかと、そればかりを考えて…」

「あ…っ、…だ、…駄目…っ」

「跋鬼の首魁の首を獲った時には心の底から歓喜しました。…これで、貴方のもとに帰れる。貴方をこの腕に閉じ込めて、腹を俺の子種で膨らませて、他の誰の目にも触れさせないようにして差し上げられると…」

皇都ではあちこちの書肆《しょし》が凱焔を主役に据えた英雄譚《えいゆうたん》を発行し、売れに売れているという。凱旋する凱焔の勇姿を拝んだ娘たちは、その偉丈夫ぶりに恋い焦がれ、妾でもいいからお傍に侍りたいと凱焔の邸に押しかける者が引きも切らないらしい。

今や皇都じゅうの民の憧憬を一身に集める英雄は、瓏蘭の媚肉にきつく指を締め上げられ、熱い吐息を漏らす。

「…ねえ、瓏蘭様。俺は、良く出来た犬だと思われませんか？」

ねっとりと耳朶を舐められ、びくりと腰を揺らした隙に、緩んだ下帯ごと袴を膝までずり下げられた。さらけ出された尻のあわいに膨らんだ股間をぐりぐりと押し当て、凱焔は誇らしげに囁きかける。

「本当は、宴の席で貴方を拝んだ瞬間に子種を注いでしまいたかったのです。ようやく逢えた貴方は美しくて…美しくて美しくて、愛おしくて愛おしくて愛おしくて…貴方をいやらしい目で見る男どもに、この美しい人は俺の花嫁になって下さったのだと見せ付けてやりたくて…」

「…っ、あ……」

「けれど、どうにか堪えました。……貴方をお守りするに相応しい地位を、得なければなりませんでしたから……」

つまり、あの場で褒賞が与えられるのでなければ、皇帝の御前だろうと公衆の面前だろうと構わず犯されていたということだ。凱焔は震え上がる瓏蘭のうなじに高い鼻先を埋め、ふんふんと何度も嗅ぎまくる。他の男の匂いが付いていないかどうか、確かめるかのように。

「だからどうか…瓏蘭様、俺を選んで。俺だけをお傍に置いて、俺だけを飼うと仰って下さい」

「…凱焰…、…あ…、あぁっ…」

「この皇国に、俺より強い犬は居ない。貴方を害するもの、奪おうとするものは全て俺が噛み殺してみせますから…、どうか…」

耳朶を食んだまま、凱焰はまだろくに解されていない蕾から指を引き抜いた。背後の男が己の袴を下ろそうとする気配を感じ、瓏蘭はぶるぶると首を振る。

「…やめてくれ、凱焰…！　それだけは…っ…」

宮城から凱焰の邸までは、馬車なら半刻もかからない。一晩じゅう瓏蘭を犯し続けたこの男が半刻で満足するはずもないから、まぐわっている最中に到着することになるだろう。御者はもちろん、出迎えの家人や召使いたちにまで凱焰に犯される姿を晒されるなんて、耐えられない…！

「……何故、やめなければならないのですか？」

誰にでも――たとえ皇帝その人に見られてもまるで羞恥など覚えないだろう男は、幾枚も重ねた袍越しにも熱い肉体をぴたりと密着させ、瓏蘭に迫る。互いの境目すらわからなくなるほど交じり合った、あの夜を思い出せと。

「無垢な貴方は気付かれなかったでしょうが、この世の男は皆、美しく気高い貴方を穢そうとする卑しい野獣なのです。一刻も早く俺の子種を孕んで下さらなければ、貴方は奴らにさらわれてしまう…」

わずかな隙間も無く重ねられた屈強な肉体が、ぶるりと震え上がった。己の発言で恐怖を煽られたのか、凱焰は瓏蘭のうなじに甘く歯を立てる。

「い…っ、やぁっ……」
「…ああ…、瓏蘭様…、瓏蘭様瓏蘭様瓏蘭様……、早く、…早く早く、孕ませて差し上げなければ……」

低い声音が陶酔に蕩けるのと同時に、熱と硬度を増したそれが尻のあわいにぐっと食い込んできた。…本気だ。この男は本気で、ここで瓏蘭を犯そうとしている。しかもそれが瓏蘭のためだと信じ、かけらも疑っていないのだ。

何があっても、凱焰は瓏蘭を徹底的に犯し抜くだろう。あの夜と同様、瓏蘭が凱焰の匂いだけをまとうようになるまで。

どうしても避けられないのならば、せめて――。

「…や…、邸に着いてからなら、何をしてもいいから…！」

とっさに叫んだとたん、今しも己の袴を下ろそうとしていた凱焰の手がぴたりと止まった。背後から戸惑いの気配を感じ、瓏蘭はここぞとばかりにたたみかける。

「こ、…ここで思いとどまってくれたら、そなたのしたいことは何でもさせてやる。そなたの気が済むまで、付き合うから…」

「……何でも？」

「あ、…ああ、何でも」

何度も頷けば、しばしの間の後、緋色の袍に包まれた腕が背後から瓏蘭をふわりと囲った。どうやら危機は回避出来たらしい――などと安堵していられたのは、凱焰の邸に到着するまでのわずかな間だけだ。

御者が緞帳を上げるや、凱焔は瓏蘭を軽々と抱き上げて跳躍し、地面に降り立った。そして出迎えの召使いたちを押しのける勢いで邸内を突っ切り、初夜を過ごしたあの臥室に駆け込み…寝台に下ろされた瓏蘭の前で、全ての衣を素早く脱ぎ捨ててみせたのだ。

恥ずかしげも無く晒された肉刀は凱焔の股間で雄々しく反り返り、濡れた下帯が取り去られたとたん、ぼたぼたと大量のよだれを垂らした。初めて目の当たりにさせられたあの夜よりもなお隆々と猛り、今にも弾けてしまいそうなほど怒張したそれは、凱焔が宴の最中から劣情を滾らせていた証だ。

「……あ、……っ…」

「——脚を、広げて下さい」

反射的に目を逸らそうとするのと、凱焔が熱っぽく懇願するのは同時だった。つかの間、何を言われたのかわからず呆然とする瓏蘭を、灰青の双眸でからめとる。

「貴方のそこを…、…俺を何度も受け容れて下さったそこを、俺に見せて下さい」

「…そ…、そんな…っ」

出来ない、と拒もうとして、瓏蘭は言葉を呑み込んだ。馬車の中でことに及ばない代わりに、邸に着いたら何でもさせてやると言ったのはこの自分だ。

「…あ、……ああ、……あああ、ああ、ああ……っ！」

上体を起こし、わななわなと震えながら両脚を開いてやれば、凱焔は歓喜の雄叫びをほとばしらせながら寝台に飛び乗ってきた。勢い良く股間に頭を埋められて倒れ込みそうになり、瓏蘭は絹の敷布に両手をつく。

「や……っ、…あ…！」

袴と下帯はどこかに落としてきてしまったから、瓏蘭を狼藉《ろうぜき》から守ってくれるものは無い。畏縮しきった肉茎を嚢ごと熱い口内に咥え込まれた瞬間、鮮やかによみがえる。女を知るより早く凱焔に喰らい付かれ、大人にされてしまったあの灼熱の記憶が――。

「ああ…っ、あ、……あぁー……っ！」

一秒でも早く蜜を味わいたい一心で舌を絡ませ、執拗に吸い上げる獣に、瓏蘭は呆気無く屈服した。自ら開いた脚を閉ざすことも許されず、今宵の宴の主役だった凱旋将軍を股間に迎え入れたまま、絶頂の階を駆け上っていく。

……あの夜と、同じだ……。

頭を何度も上下させ、じゅるじゅると美味そうに蜜をすする男をぼやける視界に映しながら、瓏蘭は荒い呼吸を繰り返す。

……あの夜も、私は…凱焔の口の中で……。

けれど、今日の瓏蘭がまとうのは絢爛豪華な花嫁衣裳ではない。上質ではあるが、簡素な男物の袍だ。

「…瓏蘭…、様…、…ああ…、…俺の、…瓏蘭様…」

そしてうっとりと顔を上げた凱焔も、あの夜の凱焔ではない。灰青の右目には大きな傷が斜めに走り、歴戦の勇士らしい凄みを与えている。

……あの傷は？

ふと引っ掛かったのは、間近で見た傷が妙に綺麗だったせいだ。伝承に描かれる跋鬼は全身が長い獣毛に覆われた異形の化け物であり、鋭い爪で人間に襲いかかってくるとされている。獣に襲われた傷口ならもっと患部は腫れ、場合によっては膿んで高熱を引き起こすものだ。

……だがあの傷は…、まるで、よく研がれた刃物で切り裂かれたような……。

知性の無い化け物が、人間のように剣でも振るったというのだろうか。そういえば、思い出すのもおぞましいあの跋鬼の首魁の首には、獣毛など生えていなかった。ぐずぐずに腐ってはいたが、目も鼻らしきものもちゃんとあって——そう、まるきり人間の生首のような——。

「…や…、ぁんっ…！」

逸れかけた意識は、あらぬ場所を濡らされる感触によって現実へ引きずり戻された。萎えた肉茎をようやく解放した凱焔が、今度は更に奥…あの夜、さんざん太いものを銜え込まされた蕾に舌を這わせたのだ。

「ひ、…っ…！」

思わず脚を閉じてしまいそうになり、瓏蘭はすぐに後悔した。内腿の柔らかい肉に両側から挟まれ、凱焔が灰青の双眸を歓喜に輝かせたのだ。

「…瓏蘭様…、…ああ…、俺の痕を、残していて下さったのですね……」

あの夜から数えきれないほど甘い疼きをもたらした噛み痕に、凱焔は頬を擦り寄せた。ひくひくと絶え間無く鼻をうごめかせ、瓏蘭の匂いを嗅ぎまくりながら。

「あん…っ…」

熱い吐息が吹きかけられたとたん、沸騰した血が噛み痕から駆け巡った。瓏蘭自身でも驚くほど甘い声が零れ、凱焔は獲物を捕らえた獣のごとく巨軀を震わせる。

「は…っ、はぁっ…、瓏蘭様、瓏蘭様……」

「…あ…っ、凱焔、…駄目、そこは…っ」

瓏蘭は慌てて脚を開くが、それは逆効果だった。さらけ出された噛み痕に、凱焔はその巨軀には不釣り合いな素早さでかぶりつき、たっぷり唾液をまとわせた舌を這わせる。いっそう濃厚さを増した雄の匂いが空薫《そらだき》の香と混じり合い、瓏蘭を包み込む。下世話な貴族たちの視線も、実父の暴挙も、無念の形相を浮かべた跋鬼の首も…何もかもが頭から消え失せ、凱焔だけしか考えられなくなっていく。

「うぅ…、う、う…っ、瓏蘭様…、ぁ、…瓏蘭様…」

ひっきりなしに漏れるうめきと胴震いの止まらない腰が、何よりも雄弁に訴えかけてくる。いつ帰れるとも知れぬ戦場で、この男がどれほど瓏蘭を求めていたか。…どれほど、瓏蘭の柔肉に飢えていたのか。

「や…っ、…あ…、ああ…」

みずみずしい唇をわななかせる瓏蘭の股間で、萎えたはずの肉茎がゆるゆると熱を帯びていった。夢中で噛み痕を舐め回していた凱焔が、斜めに走った傷跡ごと灰青の双眸を見開く。

「…瓏蘭様…、貴方は…」

「……っ…！」

かあっと紅く染まった顔を袍の袖で覆い隠そうとすれば、素早く伸びてきた凱焔の手に手首ごと捕らわれてしまった。灰青の瞳にごうごうと焔を燃え立たせ、凱焔は期待に満ちた問いを放つ。

「ここを俺に舐められて…、…感じて下さったのですか…？」

「…、…っ…」

「教えて下さい、瓏蘭様。…何をしてもいいと、約束して下さったでしょう…？」

鋭い犬歯をちらつかされ、瓏蘭はしゃくり上げそうになりながら白状した。舐められただけで勃起してしまったことも……凱焔の出征中、噛み痕をなぞっているうちに熱が集まり、欲望に抗いきれず何度も己を慰めてしまったことも……跋鬼すら討ってみせた将軍の眼光の前では、隠し通せなかった。

「――くっ」

押し殺したうめきが漏れた時は、凱焔もさすがに幻滅したのだろうと思った。何故この男がここまで自分に入れ込むのかは未だに謎だが、己が命懸けで戦っている最中、淫蕩《いんとう》な行為に耽っていたのだと聞かされたら誰だってうんざりするに決まっている。

なのに――。

「……え……っ？」

無言で寝台に押し倒された直後、ビイイっと高い音が響いた。それが絹の袍を襟元から引きちぎられた音だと理解出来たのは、下にまとっていた単衣まで開かれ、凱焔とは比べ物にならないほど白く貧弱な胸を露わにされてからだ。

「脚、を」

膝立ちになった凱焔の股間で、肉の凶器が血の管を脈打たせていた。ちらつかされた牙の隙間から漏れる吐息が、しゅうしゅうと不穏な音をたてる。

「脚を、開いて。……その愛らしい蕾を、広げてみせて下さい」

「な…、…っ……」

「――はや、く」

片言めいたうめきは、まるで獣が無理やり人間の口真似をしているようだった。

瓏蘭はひくりと喉を震わせ、大きく開いた脚の間――凱焔の唾液で濡れそぼった蕾に細い指を伸ばす。何でもしていいと約束したからではない。今の凱焔に逆らったら、頭からばりばりと貪り喰われてしまいそうだったからだ。

「…う、…んっ…」

湧き起こる羞恥心を噛み殺し、濡れた入り口をそっと広げてみせる。次の瞬間、凱焔は人のものとは思えない咆哮をほとばしらせ、反り返った刀身を扱き上げた。

「…っ、…瓏蘭…、様…！」

「え、…や、…やぁぁっ…！」

ほんの一、二度扱いただけで、熟れきった切っ先はどくりと脈打ち、呆気無く弾けた。ぶちまけられた精液はさらけ出された媚肉に、勃ち上がりかけた性器にびしゃびしゃと降り注ぎ、白く汚していく。

……し……、信じられない……。

熱い精に敏感な媚肉を焼かれながら、瓏蘭はぞくりと背筋を震わせた。

人間の男というのは、一度にこれほど大量の精を放てるものなのか。跋鬼のうごめく草原には、娼婦を売り物にする隊商たちも押しかけられなかったはずだから、性欲のはけ口も無かっただろうが…。

「……零さない、で、……下さい」

呟く——否、吠える凱焔の手は、未だ己の刀身を扱き続けている。信じがたいことに、一度達したばかりのはずのそれはみるみる逞しさを取り戻し、雁首《がんくび》をもたげていく。…瓏蘭を凱焔まみれにするために。

「…ひ…ぃ…っ」

「……瓏蘭、さ、…ま」

すくみ上がる瓏蘭に、獣はぎらつく牙で選択を迫った。大人しく従うか、抗って骨も残らず喰らい尽くされるか。どちらを選んでも、いずれ喰われることに変わりは無いだろうけれど。

「あ…ぁ、…んっ……」

迷わず従う方を選んだのは、灰青の双眸で燃え滾る焔に正気を焼かれてしまったせいかもしれない。さもなくば、ありえないのだ。…獲物を前に舌なめずりする獣を、可愛らしいと…その飢えを癒してやりたいと思ってしまうなんて。

「は…ぁ…っ、はあ、…はぁはぁ、はあっ……」

ぶちまけられた精液をすくい取り、自ら広げた蕾に塗り込める瓏蘭を食い入るように見詰めながら、凱焔は肉刀を揉みしだく。男のものが張り詰めていく様なんて気色悪いはずなのに、何故か視線を引き寄せられてしまうのは、灰青の双眸が一秒たりとも逸らされず、瓏蘭に注がれ続けているせいだろうか。

爆ぜる焔よりも熱い眼差しが、大きな掌の代わりに瓏蘭の肢体に絡み付く。蕾の縁をなぞっていた指先がうごめく媚肉にぬるりと滑り込むや、凱焔の喉はごくりと大きく上下した。

「ん…、…あ、あぁっ…、あん…っ…」

甘い疼きを覚え、あの噛み痕を見せ付けるように内腿を晒してやれば、凱焔は容易く絶頂に駆け上がった。凶悪なまでに熟した切っ先が、淡く染まった肌に刻まれた噛み痕に向けられる。

「…っ、瓏蘭様……！」

「あ、……あああぁ、ああーっ……！」

どろついた飛沫を浴びせられた瞬間、瓏蘭もまた肉茎から蜜を噴き上げていた。根元まで入り込んでいた指が痙攣《けいれん》する媚肉に食み締められ、締め上げられる感触に、背筋がひとりでにびくんびくんと震える。

「……あぁ……」

白い内腿から敷布に伝い落ちそうになる精液がぼやける視界の端に入り、瓏蘭は指先ですくい取った。出されたばかりのそれは心なしか瓏蘭のものより粘り気があり、どろどろと指に絡んでくる。…媚肉にまとわり付き、確実に受胎させるための、獣の精だ。

「ろ……、う、……らん、……さま……」

濡れた指をそっと咥えてみせると、凱焔の姿をした獣の股間で、萎えた肉刀はみるまに充溢《じゅういつ》していった。瓏蘭は苦く青臭い精を我慢して舐め取り、こくんと嚥下《えんか》までしてみせる。獣も自分も後戻りの出来ないところまで追い詰めると、承知の上で。…自分だけを求め、戦場を生き抜いた獣を、満腹にしてやりたくて。

……この男を満たしてやれるのは、私だけなのだから。

「瓏蘭様…っ、俺の、…俺の、俺の俺の俺の俺の…っ…！」

凱焔が人間離れした素早さで覆いかぶさってきたのは、熱に浮かされた頭でそんなことを思った直後だった。已の精に濡らされた蕾に切っ先をあてがい、もはや一秒たりとも待てないとばかりに腰を突き上げる。

「あ…、やあああぁぁ……っ…！」

「…あ…っ、あ、ああ、…瓏蘭様…、瓏蘭様…、俺は…っ」

しなやかな白い脚を両肩に担ぎ上げ、半ば浮き上がった尻のあわいに、凱焔は容赦無く打ち込んでいく。武器を振るい、兵士を鼓舞し、跋鬼どもを雄々しく討伐する間に溜め込んでいた思いと欲望のたけを。

「…俺は…、…貴方に、…相応しい犬になりたくて…、今まで…」

「や…ぁっ、凱焔…、駄目、…駄目ぇっ…」

ぐちゃぐちゃと媚肉を蹂躙されながら、瓏蘭は男の分厚い胸板を必死に押し返そうとする。この男を満たしてやりたい――なんて、さっきまでの殊勝な気持ちは、いきりたった肉刀を根元まで銜え込まされた瞬間に霧散していた。

……こ…、この男には…、限界というものが存在しないのか……⁉

真上から最奥を貫かれるたび全身がみしみしと軋み、圧倒的な質量のものを埋められた腹は突き破られそうだった。幸い、初夜の折のような痛みは無いが、その分よけいに腹の中の凱焔を意識させられてしまう。

「…瓏蘭様…、ああ、…あぁぁ…っ！」

瓏蘭が自ら縋ってくれたとでも思ったのだろうか。凱焔は筋肉の畝《うね》を脈動させ、はあはあと息を継ぐ瓏蘭の唇に己のそれをぶつけてきた。息苦しさに顔を逸らそうとしても、柔な唇を執拗に食まれ、むちゅむちゅと甘噛みされては逃げられない。その間にも下肢は萎える気配も無い肉刀に突かれ、拓かれ、こねくり回され、ほっそりとした脚ががくがくと揺れている。

「…褒美を…、…褒美を、下さい…」

「う…、ううぅっ、ん…っ…」

「俺を、貴方だけの犬にすると…、約束して下さい……！」

懇願と共に、三度目とは思えないほどおびただしい量の精が最奥にぶちまけられた。ぶれる視界の中、灰青の焔が勢いを増していく。凱焔自身すら、焼き尽くしてしまいかねないほどに。

……あるいはそれこそが凱焔の願いなのかもしれない。

一回り以上大きな肉体にのしかかられ、ひしゃげた腹に精が染み込んでいくのを感じながら、瓏蘭はまぶたを閉ざした。

――皇族の男子である自分が、凱焔と結ばれる未来などありえないのだから。

「どうぞ、瓏蘭様」

汁物をすくった匙《さじ》が、ゆっくりと瓏蘭の口元に運ばれた。柔らかな詰め物を幾つも敷いた椅子に座らされ、卓子の上の汁椀を見詰めていると、かたわらに佇む凱焔はずいと匙を近付ける。

「――瓏蘭様」

熱を帯びた声に観念し、瓏蘭は仕方無く口を開けた。いそいそと飲まされるのは、滋味豊かな卵の汁物だ。皇国では庶民も口にするものだが、瓏蘭のためだけに調理されたそれには細かく刻まれた羊肉や野菜がたっぷり入っており、無いに等しかった食欲が引き出される。

「……！　瓏蘭様！」

瓏蘭が汁物を嚥下すると、凱焔はぱっと破顔し、今度は青磁《せいじ》の皿に盛り付けられた鴨の燻製《くんせい》に箸を伸ばした。取り皿に取り、瓏蘭に手渡してくれる――はずもなく、食べやすい大きさに切られた鴨肉を再び口に運ぶ。

「……凱焔……、私は幼子ではないと、何度言えばわかるのだ？」

諦め半分で睨み付けるのは初めてではない。ここ十日、毎日繰り返されたことだ。

「もちろん、わかっております。瓏蘭様は幼子ではなく、俺の花嫁であり、飼い主でいらっしゃいます」

対する凱焔の答えも、一言一句変わらない。冗談の気配など微塵《みじん》も無い、神妙な…それでいて淫靡な色をまとった表情も。

「そして夫とは花嫁を飢えさせない者であり、犬とは飼い主にかしずく者。俺はただ、俺の役割を果たしているだけです」

「………………」

きっぱり断言されると、おかしいのは自分の方なのではないかと迷い始めてしまう。螺鈿細工の施された卓子にずらりと並ぶ、趣を凝らした料理の数々を凱焔に食べさせてもらうのも、凱旋を果たしたばかりで多忙を極めるはずの将軍が片時も離れないのも、ここに連れ込まれてから一度も外に出してもらえていないのも……全部、当たり前のことなのではないかと。

……っ、いや、いやいや、待てよ……。

うっかり納得しかけ、瓏蘭はぶるぶると首を振った。こんな状況、当たり前であるわけがないのだ。瓏蘭が凱焔の花嫁になったのはあの一夜限りのことだし、飼い主にいたっては、なった覚えも無い。山犬とさげすまれるのを何より屈辱と感じるという狛一族の長が、よりにもよって己を犬だなどと、冗談にもほどがあるだろう。

だが正気を取り戻したところで、結局、瓏蘭には何も出来ないのだ。房室の唯一の出入り口である扉にはあの夜と同様、幾つもの錠や閂がかけられ、室内には瓏蘭と凱焔以外の誰も居ないのだから。

――かつて花嫁として一夜を過ごしたここは、今や瓏蘭を囲うための豪奢な牢獄だ。戦場の飢えを満たすかのように貪られ、疲れ果てて眠りに落ち、目覚めたその日からそうなった。

『貴方をあの腐れ豚饅頭のもとに帰せるわけがありません。今日からここが貴方の邸です』

十日前。指一本動かせなくなるまで貪り尽くされ、ようやく起き上がれるようになった瓏蘭に、凱焔は満面の笑顔で言い放った。…腐れ豚饅頭とは父の重徳のことだろう。仮にも皇族に対し不敬極まりないが、すぐに察してしまったあたり、瓏蘭も凱焔のことは言えない。

だからといって、はいそうですかと納得など出来なかった。当然だ。勅令が果たされた以上、瓏蘭は凱焔とは無関係の他人であり、名実共に貴族と認められた凱焔は、そう遠くないうちに皇国軍の頂点に立つ大将軍に任じられるだろう武人である。まして今は凱旋から間も無く、片付けなければならない後処理が山積しているはずだ。凱旋以降、犲一族以外からも凱焔の麾下《きか》に入りたいと願う武官の数は増える一方だそうだから、新たな軍の編成にも着手しなければならないだろう。

だが、まっとうなはずの瓏蘭の主張はまるで受け付けられなかった。

『皇帝陛下より、十日間の休暇を頂いております。雑務の類は全て仁祥に任せてありますので、俺が居なくても何の問題もございません』

いや居てくれよ、問題ありまくりだよ、という仁祥の嘆きなど、邸の奥深くまで届くわけもない。龍永が直々に休暇を賜ったというのなら、休まない方が不敬に当たるだろう。

しかし、瓏蘭をこの邸に留め置く理由にはならない。元服前の瓏蘭は、庶民の子なら所帯を持っていてもおかしくない十八歳でも未だ一人前とは認められず、父重徳の庇護下にある存在だ。それを許しも得ず手元に置き、仮にも皇族たる重徳の怒りを買うのは、凱焔でなくとも避けたい事態のはずなのだが――。

『華宵王は、父親でありながら貴方を害そうとした。我が身が引き裂かれようと、決してあの外道のもとには帰しません。…俺から貴方を奪おうとするなら、嚙み殺します』

毅然と宣言する凱焔に、不覚にも見惚れてしまった。…だって、初めてだったのだ。重徳の怒りを買ってでも、瓏蘭をあの父親から引き離そうとしてくれた人は。

龍永は雄徳ばかり贔屓する重徳を何度も呼び出しては咎めたものの、瓏蘭を重徳のもとから引き取ろうとはしなかった。権力の濫用を避けたのもあるが、血の繋がった父子なのだからいずれはわかり合えるはずだと信じていたのだろう。…父が決して瓏蘭を愛してくれないことは、瓏蘭自身が身に染みて理解しているのに。

召使いはもちろん、同じ年頃の貴族の子弟たちも瓏蘭を遠巻きにしたから、心を分かち合える友は一人も得られなかった。時折会える伯父と従弟、そして母が遺してくれた医学書だけを支えとして生きてきた。

なのに凱焔は、身分と血筋以外何も持たない瓏蘭に、何のためらいも無く熱い激情をぶつけてくる。今や望めば高位貴族の姫とて妻に娶れるはずの男が…。

『俺の花嫁は天にも地にも、瓏蘭様ただ一人。……貴方のお傍に置いて頂くためだけに、俺はあの地獄から帰って来たのですから』

『……凱焔……』

勢いを増すばかりの灰青の焔に包まれ、身を震わせているうちに、気付けば再び寝台に押し倒されていた。

疑問に思う間も無く執拗に愛撫され、腹に子種を注がれながら何度も絶頂に導かれ、気絶するように眠りに落ちる。目覚めたら凱焔手ずから豪勢な料理を食べさせられ、満腹になればまた抱かれ、眠って起きて……本能だけで生きる獣のように自堕落な日々を、かれこれもう十日も続けている。

その間、逃げ出そうとしなかったわけではない。運良く凱焔より先に目覚められた時、何度か房室を抜け出そうとしたことはある。錠がかかっていても、大きな声で叫べば召使いが駆け付けてくれるかもしれないと期待したのだ。

だが、瓏蘭がかすかに身動ぎしただけで、凱焔は決まってぱちりと覚醒した。そして愛しい主が目覚めていると悟るや、寝起きの気怠さなど微塵も感じさせない素早さで挑みかかり、猛る肉刀で瓏蘭を貫くのだ。

日に日に高まるばかりの欲望は、とうとう瓏蘭が意識を手放してもなおぶつけられるようになっていった。がくがく揺さぶられる感覚で起こされ、覚醒と同時に子種をぶちまけられたことは一度や二度ではない。

だから、食事の時間は貴重なのだ。この時ばかりは凱焔も瓏蘭になるべくたくさん食べてもらうことに専念し、手を出そうとはしてこない。食べ終わった後、思う存分瓏蘭を貪るためだと思うと複雑だが、わずかなりとも身を休められる時間であることは確かだ。

「さあ瓏蘭様、どうぞ召し上がって下さい」

鴨肉は気に入られなかったと判断したのか、凱焔は隣の皿から鶏肉と白菜の炒め物を匙ですくい取る。逆らわず口にすれば、次は冷製の家鴨、更に次は蜂蜜で和えたツバメの巣と、卓子の料理がどんどん運ばれた。

食事の時間のたび、犲一族の暮らし向きの豊かさを思い知らされる。食材そのものが豪勢なのはもちろん、どの皿にも香辛料がふんだんに用いられているのだ。主に南方で生産される香辛料は皇国では貿易でしか手に入らず、ものによっては同じ量の砂金と同額で取引されるという。

　香辛料は薬種として使われることも多いから、瓏蘭も知識だけはある。胡椒《コショウ》に山椒《サンショウ》、番紅花《サフラン》や馬芹《クミン》、桂皮《シナモン》など、身体を内側から温め、滋養をつけてくれる効果のものが多いのは、料理人の思い遣りだろう。邸の主に連れ込まれた姫家の公子がどんな目に遭わされているのか、召使いたちにも知れ渡っているということだ。

　だとすると、食事から湯殿の世話まで凱焔に焼かれるのはむしろ良かったのかもしれない。あの夜、花嫁衣裳の着付けを手伝ってくれた気のいい侍女たちや仁祥、治療で顔見知りの犲一族の青年たちと顔を合わせるよりは、よほど——。

「…良いわけがあるか…！」

　またもやおかしな方向に流れそうになった思考を、瓏蘭は拳を握り締めて振り払った。食後の菊花茶を差し出そうとしていた凱焔が、きょとんと首を傾げる。七尺近い長身に筒袖の袍をまとった姿は剛勇たる武人そのものなのに、やっていることは瓏蘭付きの侍従と同じだ。

「……瓏蘭様？」

「凱焔。…そなた、いい加減私を邸に帰せ」

　瓏蘭が椅子に座ったまま凱焔の方に向き直ると、真剣な気配を感じ取ったのか、凱焔はすっとひざまずいた。体格差のありすぎる凱焔とは、そうして初めて視線を合わせられる。

「何度も申し上げたはずです。貴方は…」

「そなたの花嫁でも飼い主でもない。…私は姫家の嫡子瓏蘭、皇帝陛下の血筋に連なる者だ」

熱をたたえる灰青の双眸に負けまいと薄い胸を張れば、何故かうっとりと見上げられた。絹張りの沓ごと押し戴かれそうになり、慌てて足を引っ込める。

「聞け、凱焔。もしこのまま私を留め続けたら、遠からず陛下のお耳に入るだろう。あの夜、私がそなたの花嫁となったのは、跋鬼誅滅を名乗り出たそなたへの褒美に過ぎぬ。それが成し遂げられた今、私をこのように扱うことを、陛下は決してお許しにはならない」

「………………」

「皇族への不敬は大罪だ。下手をすればそなたは謀反人の烙印を押され、一族もろとも討伐される身になるかもしれないのだぞ。…聞いているのか？」

思わず苛々と問い質したのは、凱焔が灰青の双眸をわずかに潤ませ、広い胸の前でうっとりと手を組んでいたせいだ。神に祈りを捧げるような姿は、とても真面目に聞いているとは思えないのに、英雄と謳われる将軍はきりっとした表情で断言する。

「もちろん、聞いております。俺が瓏蘭様のお言葉を聞き逃すなど、ありえません」

「…ならば何故、そのような真似をするのだ」

「瓏蘭様の優しいお心に感動しておりました。犬ごときの身を案じて下さるなんて……やはり貴方は、俺の飼い主だ」

引っ込めたはずの足を手妻《てづま》めいた素早さで引き寄せられ、絹沓から覗く足の甲に熱い唇を押し付けられた。大きな手に足首をするりと掴まれてしまえば、瓏蘭の力では押しても引いてもびくともしない。

「っ…、…凱焔…」

「ですが、ご安心下さい。陛下が俺をお咎めになることは、万が一にもありません」

何故、そう言い切れるのか。いぶかしむ瓏蘭の足の甲に頬擦りをしながら、凱焰は思いがけない理由を告げる。

「化け物にならずに跋鬼どもを打ち倒せるのは、皇国広しといえども我ら犲一族くらいでしょうから」

「何……、だと？」

「俺が対峙した跋鬼は、伝承に語られるような四つ足の獣などではありませんでした。……奴らは、元は人間だったのです」

……長きにわたり人々を苦しめ、蒼龍が築いた長城の向こうに封じられた化け物が、瓏蘭たちと同じ人間だった？

伝承とはあまりに食い違う情報に二の句が継げずにいると、凱焰は低い声で語り始めた。一族の戦士たちを率い、長城の外へ――かつて彼らの祖先が跋鬼どもと熾烈な争いを繰り広げていた故郷へ打って出た日のことを。


跋鬼の群れと遭遇したのは、長城の守護兵たちに見送られ、大海原のごとく広がる草原に馬を走らせて半刻ほど経った頃だという。

当初凱焰たちは、自分たちの三倍は居ようかというソレらが誅滅対象である跋鬼かどうか、判断に迷ったそうだ。というのも、新鮮な餌を見付けたとばかりに襲いかかってくるソレらは、一対の目と耳、そして一つの鼻と口を備え、四肢を持つ――人間とまるきり同じ肉体の主だったからである。伝承に語られる跋鬼の姿とはあまりにかけ離れている。

　ただ、本物の人間ではないことは一目瞭然だった。ソレらの皮膚は腐り果てて変色し、かろうじて骨に付着しているだけの有り様であり、眼窩《がんか》に収まりきらなくなった眼球を垂らしているモノ、喰いちぎられた腹から腸《はらわた》をはみ出させているモノなど、まるで埋葬された骸が墓穴から這い上がってきたかのようなおぞましい集団だったからだ。

『あ…っ、あれは……!?』

　精鋭揃いの犲一族でも特に目のいい戦士が発見したのは、集団の中でもひときわ大きな個体だった。ほとんどが服と呼ぶのもおこがましいぼろきれをまとう中、ソレは金属製の兜をかぶり、剣を握り、鎧まで身に着けている。

　よくよく見れば、腐肉と泥に汚れた鎧の前面と背面には、ぴかぴかに磨かれた金属板が取り付けられていた。実用性と見た目の華やかさを兼ね備えたそれは、皇国の高位武官が好んで誂えるものだ。間違っても化け物の持ち物ではない。

　一体これはどういうことなのか。混乱しつつも犲一族が統制を失わなかったのは、凱焔が先陣切って強弓を放ち、迫りくる化け物の目玉を貫いたからだ。

『何者であろうと、我らに歯向かうならば誅滅すべき敵である。武器を取り、応戦せよ！』

『……おおおおおっ！』

　戦士たちは奮い立ち、精鋭の名に相応しい戦いぶりを見せた。頑丈な鎧で守りを固める皇国兵と対照的に、騎馬民族である犲一族は人馬一体の素早い攻撃が身上だ。その卓越した手綱さばきで翻弄し続ければ、動きの鈍い化け物たちは太刀打ち出来ない——はずだったのだが。

『…うわあああっ！』

戦士の一人が悲鳴を上げた。心臓を矢で貫かれた化け物が、仲間の化け物どもと共に戦士に群がったのだ。踏ん張りきれず倒れた馬には見向きもせず、化け物どもは地上に投げ出された戦士に襲いかかる。……否、喰らい付く。

がぶっ、ごりっ、じゅぶっ。

戦士の絶叫は、肉を喰いちぎるおぞましい咀嚼《そしゃく》音にかき消された。数多の戦場を駆け巡った凱焔すらつかの間戦況を忘れ、眉を顰めずにはいられないほどの酸鼻極まりない光景——だが、真に凄惨なのはそこからだった。

絶命したはずの戦士が、むくりと起き上がったのだ。ついさっきまで健康的だった肌はみるまに腐り落ち、眼球はどろりと濁り、両の腕はほとんどの肉を化け物どもに喰い尽くされ…骨の露出したその腕で、凱焔に匹敵する強弓を放った。味方であるはずの犲一族の戦士目がけて。

『ぎゃああっ……』

完全に不意を打たれた戦士は肩を貫かれ、もんどりうちながら落馬した。待ち構えていた化け物の一匹が戦士の腕に噛み付き、もう一匹が脚に喰い付こうとしたところに、素早く馬を寄せた凱焔は長剣を一閃する。

『ア、アア……』

一刀のもとに斬首された化け物は、奇妙に甲高い悲鳴を上げたきり動かなくなった。その代わりとでもいうかのように、腕を噛まれた戦士が腐肉をまとう跋鬼と化し、同胞たちに牙を剝く。

そこで凱焔は確信した。伝承とは異なる姿でも、この化け物どもこそ跋鬼——瓏蘭のために誅滅しなければならない敵なのだと。どのような仕組みかはわからないが、跋鬼に噛まれた者はその身を同じ跋鬼に変化させられてしまうのだと。

そうと判明したら、なすべきことは決まっていた。伝承によれば首を落とすか、炎で焼き尽くせば不死身の跋鬼も絶命するのだ。それが正しいことは、凱焔がたった今証明してみせた。

凱焔の指示に従い、弓の達者は用意しておいた火矢を放ち、残りの者は怯んだ跋鬼たちの首を落としていく。

部下がそれぞれの役割を果たすかたわら、凱焔は最初に発見された鎧姿の跋鬼と対峙した。凱焔には劣るものの、鎧姿の跋鬼は他の跋鬼と一線を画した素早い動きで長剣を振るい、何人かの部下を手にかけていたのだ。間違い無く、群れの首魁だろう。遭遇した地点からして長城のほころびに押し寄せていたのはこの群れだから、首魁ごと潰してしまえば、皇帝の命令を遂行したことになるはずだ。

『瓏蘭様のもとに帰るためにも——貴様の首、貰い受けるぞ』


「……恥ずかしながら顔面に斬撃をかすめられてしまいましたが、どうにか首魁を討ち果たし、残りの群れも殲滅しました。跋鬼となってしまった部下たちも、その場で首を落とし、燃やさざるをを得ませんでしたが……」

「ま、……待て。待ってくれ」

淡々と語る凱焔に掌を突き出せば、妙なところで忠実な男はぴたりと口を閉ざした。瓏蘭は深呼吸を繰り返し、激しく脈打つ心臓を衣の上から何度も撫でるが、ぐちゃぐちゃに乱れた思考はなかなかまとまってくれない。凱焔によって明かされた事実は、瓏蘭の……いや、皇国に住まう者全員の常識をくつがえしかねない劇薬に等しかった。

……跋鬼に噛まれた者が跋鬼になり、襲ってくる……？

そんな悪夢のような話、語ったのが凱焔以外の人間なら一笑に付しただろう。だが凱焔が瓏蘭に偽りを告げる必要は無いし、それが事実だとすれば、二度にわたって送り込まれた皇国軍の精鋭部隊がやすやすと壊滅させられたのにも説明がつく。

彼らもまた跋鬼の群れと遭遇し、応戦するうちに何人かが噛み付かれてしまったのだろう。ついさっきまで味方であった者が化け物に変化し、理性を失って襲いかかってくるのだ。いかに精鋭部隊であっても動揺は避けられまい。総崩れになったところへ跋鬼どもが攻めかかり、一人、また一人と跋鬼に変化してゆき……最後には全員、跋鬼の群れの一部にされてしまったのだ。

つまり、凱焔の顔面に剣で傷を刻んだ鎧姿の跋鬼とは――。

「……一度目か、二度目に派兵された皇国軍の将官か……」

「二度目の軍に所属していた郎将です」

打てば響くように答えが返された。聡明な将軍は、瓏蘭の考えることなどお見通しのようだ。何故そう断言出来るのだ、と問うまでもなく教えてくれる。

「首から下は焼きましたが、身に着けていた鎧の一部を持ち帰り、皇都の甲冑職人たちに当たってみたのです。鎧を誂えたという職人は、すぐに見付かりました」

「…その職人が、注文した郎将の名をそなたに教えたのか」

「はい。すでに実家では、空の棺で葬儀を済ませたそうですが」

どうして持ち帰った首級を返してやらなかったのだ、と責める気にはなれなかった。祝宴で目撃したあの首…腐り付き、元の面影を留めない化け物が我が子の変わり果てた姿だと知れば、遺された親はどれほど嘆くことか。それ以前に、人間が跋鬼に噛まれると同じ跋鬼にされてしまうという事実が広まったら、皇国は大混乱に陥るはずだ。

戦死したと伝わる凱焰軍の二割に当たる戦士たちも、真実は跋鬼に変化し、朋輩に討たれたのだろう。彼らを草原で焼いてしまったのは、後難を断つというよりは、遺族によけいな心労をかけまいとしてのことだったのだろうが――そう納得しかけ、瓏蘭ははたと手を打つ。

「凱焰。…生き残って帰還した者は皆、跋鬼に噛まれなかったのか？」

襲いかかってきた跋鬼の群れは、凱焰たちの三倍以上の数だったという。首を落とすか焼き尽くさない限り動き続ける化け物に囲まれ、いかに手練れの戦士でも無傷で済んだとは考えづらい。凱焰たちのように、機動性重視の革鎧だけしか着用しない軽騎兵ならなおさらだ。

「いえ、ほとんどが一度は噛まれたはずです。首を獲る前、俺も件の郎将に噛まれてしまいましたし」

案の定凱焰は否定し、噛まれたという右手の甲を見せてくれた。だいぶ薄くなってはいるが、そこには確かに人間の歯型のような傷跡が刻まれている。

「……どういうことだ……？」

同じく跋鬼に噛まれても、即座に跋鬼に変化する者も居れば、凱焰のように人間のままで変化しない者も居る。凱焰の肉体のどこにも異常が無いのは、瓏蘭も身を以て思い知らされていることだ。祝宴に現れた仁祥も、いつもの仁祥のままだった。帰還を果たした他の戦士たちも同様だろう。…だが、皇国軍の兵士たちは全員跋鬼にされてしまった。

跋鬼になってしまった者と、ならなかった者のどこに差異があるのだろうか。

なってしまった者は、皇国軍の兵士と犲一族の戦士の両方だ。しかし、瓏蘭の聞いた限り、ならなかった者は全員犲一族である。

……犲一族は国外から連れて来られた娘を娶る以外、血族内の婚姻を繰り返してきたと聞く。犲一族の娘が皇国貴族に嫁いだためしは無い。つまり、関係するのは彼らの血か？　…待てよ、このような事例、どこかで読んだ覚えが……。

「――ご安心ください、瓏蘭様」

懸命に頭脳を回転させていると、凱焔が再び瓏蘭の足の甲に唇を押し当てた。焼きごてのような熱さに、瓏蘭はびくりと足を跳ねさせる。

「…凱焔？」

「凱旋後密かに龍玉殿に召し出された折、皇帝陛下にこの一件を奏上しました。陛下は他言無用と仰せられ、長城の修復が完了するまでの間、我ら犲一族に跋鬼誅滅を命じられたのです」

「伯父上…、…陛下が？」

龍永とは凱焔の帰還後も何度か対面したが、そんなことは言っていなかった。おそらく他の誰にも漏らしていないだろう秘密をあっさり暴露され、瓏蘭は目を見開く。

跋鬼に噛まれると跋鬼になる。その事実を伏せるのは、為政者として当然のことだ。驚くには値しない。

…違和感を覚えるのは、龍永が凱焔のもたらした情報をあまりに容易く受け容れたことに対してだ。伯父はどんな進言でも聞き入れる度量の主ではあるが、頭から信じるほど愚かでもない。いつもの伯

父なら信の置ける臣下に極秘で相談するはずなのに、今回に限り、たった一人で判断を下したのは何故なのか…。

「陛下は仰いました。皇国において、跋鬼どもを打ち倒せるのは我ら犲一族のみであろうと」

「…それは…、そうであろうな」

皇国軍の兵士たちでは、一人でも跋鬼に噛まれれば全滅の憂き目に遭う上、新たな跋鬼を増やしてしまうのだ。跋鬼にならないと判明している犲一族しか、安心して送り出せまい。皇国内での犲一族の地位と価値は、飛躍的に高まったといえる。

「跋鬼どもは人の血肉に飢えています。長城周辺を縄張りとする群れは全滅させましたが、そう遠くないうちに他の群れが再び押し寄せてくるでしょう」

「そしてその群れを倒せば、また別の群れが襲ってくる…」

ぞっとしながら呟けば、凱焔は嬉しげな——それでいて奇妙に獰猛な笑みを浮かべる。

「皇帝陛下であっても…いいえ、皇帝陛下であられればこそ、我ら犲一族をおろそかには扱えません。謀反を疑われるなど、決してありえない」

「…っ…」

「ですから瓏蘭様は何も心配なさらず、ここでおくつろぎ下さい。…草原から跋鬼どもが一匹残らず掃討される、その日まで」

事実上、生きているうちは絶対にここから出さないと宣言され、瓏蘭はぞくりと震えた。

この男はどうして、ここまでして瓏蘭を求めるのか。いくばくかの医学の知識と血筋以外何も持たない、元服すらさせてもらえない未熟者を。まるで、悪い病にでも取り憑かれてしまったかのように。

……うん？　病……？

「――っ！　そうだ、病だ！」

叫ぶと同時に、頭の中にかかっていた霧がすっと晴れていった。ようやく思い出せたのだ。亡き母淑蘭が遺してくれた、はるか西方の医学書の記述を。凱焔たちが貿易を行う西方の国々よりも更に西の大陸から取り寄せられたという医学書は、皇国で一般的に広まっているのとはまるで違う医学の知識が記されており、瓏蘭は母に教わりながら夢中で読んだものだ。

その医学書を記した医師によれば、西方の大陸では、疱《もがさ》や麻疹《ましん》といった皇国でも多くの人々を苦しめる病には原因となる毒素が存在し、患者の唾液や血液といった体液全般から他の健康な人に伝染すると考えられているのだという。疱も麻疹も、一度罹って治癒すれば二度と罹ることは無いが、それはその病の毒素に対する抵抗力が体内に作られたからなのだそうだ。

健康な人間が疱や麻疹になるのも、跋鬼になるのも、医学を学んだ瓏蘭からすれば同じ『病』だ。つまり戦死した者たちは跋鬼に噛まれたから跋鬼になったのではなく、噛まれた傷口に跋鬼の唾液や血液などが付着し、そこに含まれる毒素が体内に回ったから跋鬼という病に罹ったのだ。

凱焔たち生還者が噛まれても跋鬼にならずに済んだのは、最初から跋鬼の毒素に対する抵抗力が体内に存在したからだ。何故皇国の兵士たちは抵抗力を持たず、凱焔たちだけが持っているのか。その理由にも、瓏蘭は何となく察しがついた。

凱焔たち犾一族は、百年前まで長城の外で跋鬼と戦い続けてきた一族だ。跋鬼と化し、同胞に討たれた者は数多く出ただろう。だが幾度となく跋鬼どもを駆逐し、毒素を体内に取り込むうちに、彼らの肉体は生きるために進化し、抵抗力を作り出したのではないか。

そうして抵抗力を持つに至った者だけが生き延び、系譜を繋いでいった。長城の内側に迎え入れられてからは跋鬼に対する見識は失われたが、抵抗力は子孫に受け継がれたのだ。犲一族の戦死者は、不幸にもその抵抗力を受け継がなかった者の末裔なのだろう。

「…何て…、何てことだ…」

わなわなとひとりでに震え出す身体を、瓏蘭は抱き締めた。薄い胸の奥で、心臓がばくばくと激しく脈打っている。

「――凱焔！　そなたは、そなたたちは皇国の救いの神になるかもしれないぞ！」

どうしたのかと問う言葉をさえぎり、瓏蘭は勢い良く顔を上げた。珍しくぽかんとする凱焔の屈強な肩をがしりと摑み、己の推察を手短に説明していく。

「瓏蘭様…？　どうし」

皇国では間違い無く異端に分類される医学書の内容を理解してもらえるかが心配だったが、意外にも凱焔は一度で呑み込んでくれた。下手に医学の知識が無い方が、理解しやすいのかもしれない。

「……つまり、俺たちの血なり唾液なりを摂取すれば、皇国の民でも俺たちと同じ抵抗力とやらを得られるかもしれない……ということですか」

「ああ、そうだ。そなたたちの抵抗力が血筋以外で受け継がれるかどうかはわからないが、跋鬼の毒素は体液から入り込むのだ。試してみる価値はじゅうぶんにある」

もしこの推測が正しければ、皇国の…いや、大陸の民にとって天来の福音となるだろう。跋鬼は首を落とすか焼き尽くすしか倒すすべの無い恐るべき化け物だが、皇国の兵士たちが凱焔の抵抗力を得られれば、新たな跋鬼は生まれなくなる。時間はかかっても、討伐し続ければいずれ跋鬼どもは滅亡し、長城すら必要なくなる日が来るかもしれない。

「人々は跋鬼どもに怯えること無く、長城の外でも安心して暮らせるようになるのだ。そなたたちも民から感謝されて……凱焔、何故そんな顔をしている？」

思わず眉を顰めてしまったのは、凱焔の表情がいっこうに変わらないせいだ。灰青の双眸でじっと瓏蘭を捉えたまま、唇を引き結んでいる。凱焔たちの貢献で跋鬼が滅亡すれば、犲一族にとっても良いことずくめのはずなのに。

「……面白くないからです」

「は……？」

「瓏蘭様が珠のようなお声を聞かせて下さるのは嬉しいですが、俺以外の雄のことをお話しになるのは面白くありません」

起き上がりざま、凱焔は瓏蘭を椅子から抱き起こした。向かい合い、後ろから回された腕で尻を支えられるという、大人が小さな子どもを抱っこするような格好だ。

「…面白くないって…そなたは、罪無き民を救いたいとは思わないのか？　そなたたちには、その力があるかもしれないのに…」

「思いません」

否定の言葉には一瞬の迷いも無かった。鼻白む瓏蘭に、凱焔は傷跡という勲章で飾られた顔をずいと近付けてくる。

「俺は瓏蘭様の犬です。犬の望みは、愛しい主人がお傍に置いて下さることだけ。…それがもう叶えられているのに、どうして他の人間を心配しなければならないのですか？」

「皇国や民が、どうなっても構わないと？」

「…貴方もご存じのはずです、瓏蘭様。国と民が、今まで俺たちをどう扱ってきたのか」

それを言われたら、瓏蘭は恥じ入るしかない。

皇国は長城に迎え入れてやったのだからと犲一族を異民族との戦いの最前線に立たせ、民は犲一族のおかげで安全を保障されながら彼らを蛮族とさげすんだ。…噂では、早世した凱焔の生母は獣の子を産んでしまったと嘆き、毒をあおったのだという。

「貴方だけです。…俺をまっすぐに見詰め、ありがとうと優しく微笑んで下さったのは」

「え……」

「もう一度、微笑んで頂きたかったから…、…俺は…」

熱に蕩ける灰青の双眸に、困惑する己が映り込む。

この瞳を、いつかどこかで見た気がした。初めて焔狼門で出会った、あの日ではない。もっともっと前――そう、瓏蘭が今よりも幼い頃……。

「…貴方が望まれるなら、俺は何でも捧げてみせます。金銀財宝でも名誉でも、……玉座でも」

「凱焔っ…」

屈強な腕に囲われた身体から、すっと血の気が引いていった。凱焔は今、瓏蘭が望むなら皇帝の位でも捧げると…そのためなら皇太子の龍晶を弑することもためらわないと宣言したのだ。

それは決して法螺《ほら》でも大言壮語でもない。宮城の監門を守護し、跋鬼を誅滅してみせた凱焔なら、病弱な皇太子一人、たやすく暗殺してみせるだろう。あるいは皇帝龍永さえも……。

すっかり忘れていた。…油断していたのだ。瓏蘭にはどこまでも従順な犬であるこの男は、瓏蘭以外の者にとっては危険極まりない獣だったのに。

「貴方は指一本、動かす必要も無い。…貴方には、この俺という犬が居るのだから」

「あ……っ」

密着した巨軀が、袍越しにも感じるほど熱を帯びていく。まずい、と思った時には遅かった。ほんの数歩で寝台に運ばれ、のしかかってきた凱焰に脚を広げられる。

薄物を何枚か重ねただけで、下帯の類はここに連れ込まれて以来一度も与えられていない。露わにされた蕾にあてがわれた肉刀はすでに猛り狂い、早く瓏蘭の腹を子種でいっぱいにしたいとよだれを垂らしている。

「…瓏蘭様…、……俺の瓏蘭様……っ…」

「あ…っ、や、…あああ、あぁ……！」

明かされた跋鬼の真実も、民の安寧も家族も、全てが腹を満たす圧倒的な熱に焼き払われていく。後に残るのは我が物顔で瓏蘭の中に居座る肉刀と、灰青の双眸をぎらつかせ、狂おしく腰を打ち付けてくる男だけ。

「どうか…、…諦めて、俺を飼って下さい。俺を…、…俺だけを…」

「あ、あ…っ、凱焰、も…、許して…っ…」

「もう二度と、貴方は俺の傍から離れられない。…貴方の居場所は、ここだけなのですから…」

瓏蘭自身でも決して届かない最奥に、信じられないくらい大量の精液が叩き付けられた。

零すことは許さないとばかりに繫がったまままきつく抱きすくめられ、喘ぐ唇すらもふさがれてしまえば、瓏蘭に出来るのはただ大人しく凱焰の子種を受け止めることだけだ。薄い腹の内側からびしゃびしゃと熱い粘液をぶっかけられる感覚は、何度味わわされても慣れそうにないけれど。

……私は……、私も、おかしくなってしまったのかもしれない。

一度も触れられること無く達してしまっていた肉茎を揉みしだかれながら、瓏蘭は沓を履いたままの脚をびくびくと震わせた。

……凱焔の熱に焼かれ、凱焔以外の何も考えられなくされるこの瞬間を、心地良いと思ってしまうなんて。


衝撃的な真実を知らされた翌日、凱焔は不承不承ながらも宮城に出仕していった。英雄の皮をかぶった獣も、今のところ表立って皇帝に逆らう気は無いらしい。

そして瓏蘭もようやく自由の身に――なれるはずもなく、相変わらず凱焔の用意した房室に閉じ込められていた。ただ、侍女を通じて商人から必要なものを買うことと、中庭の散歩だけは許された。さすがの凱焔も己の言動のおかしさにようやく気付いたのだろうと、安心しかけた瓏蘭だが。

「いや、これはただ殿下のご機嫌を必死に取っているだけですね」

苦笑しながら否定するのは、ずいぶんと久しぶりに会う仁祥だ。さっそく散歩に出たいと侍女に願った時、現れたのがこの男だった。いつもなら凱焔の傍を離れない補佐役だが、瓏蘭を守るためだけに邸に残されたという。

今、花々の咲き誇る中庭を散策する瓏蘭には斜め後ろから仁祥が付き従い、更にその周囲を仁祥の部下たち十人以上が固めている。凱焔ほどではないものの、いずれも瓏蘭より頭一つ以上長身の屈強な戦士たちだ。動く壁に囲まれているようで、正直落ち着かない。

「…私の機嫌を取りたいのなら、そもそもこのような真似をしなければいいものを」

「それは不可能だと、殿下ももうおわかりでしょうに。我が長は殿下をこうしてお迎えするためだけに生きてきた男ですから」

呆れつつも、仁祥に瓏蘭を逃がしてくれるつもりが無いのは明らかだった。犲一族独特の淡い紅茶色の瞳は常に警戒の色を滲ませ、瓏蘭の一挙手一投足に神経を砕いているのだから。瓏蘭が逃げようと思った瞬間、取り押さえられてしまうだろう。

「……何故、そなたは凱焔を止めないのだ？」

だから蓮池に張り出した月台《げつだい》に進み、他の護衛たちが離れた時、瓏蘭は一人だけ付いて来た仁祥に問いかけずにはいられなかったのだ。跋鬼に対する瓏蘭の推論は、仁祥もすでに凱焔から聞いているはずである。凱焔が瓏蘭を解放して然るべき家柄の姫を娶り、その上で皇国兵士たちに抵抗力を付けさせるのに貢献するのが、犲一族にとってはどう考えても最善の道筋だ。瓏蘭では凱焔の跡継ぎを産むことも、犲一族の地位を向上させてやることも出来ないのだから。

「何故……、ですか。畏れながら殿下、殿下は朝陽に向かって『何故東の地平から昇るのか』とお尋ねになりますか？」

「…はっ？」

「あるいは、月に向かって『何故夜だけしか輝かないのか』とお尋ねになりますか？」

冗談でごまかそうとしているのかと思ったが、仁祥の表情はあくまで真剣だ。瓏蘭はしばし沈思し、おずおずと口を開く。

「朝陽が東の地平から昇るように、月が夜空に輝くように、凱焔が私を求めるのは自然の理だと……

そう言いたいのか？」

「はい。仰る通りです」

出来れば否定して欲しかったのに、仁祥は我が意を得たりとばかりに頷いた。

「昇る朝日を人智では止められないように、月の輝きを覆い隠せないように、我が長に殿下を諦めさせるのは不可能です。私に出来るのは、せめて我が長の暴走による被害を最小限に留めることくらいで。…殿下には、たいへん心苦しいですが」

「いや……」

正直、乳兄弟ならめげずに止めてくれと詰め寄りたくなるが、何かとても大切なものを諦めてしまったような横顔を見ればそれもためらわれた。言葉を探していると、蓮池を渡ってきた風が吹き抜ける。

「あっ……」

今日は少し冷えるからと、侍女に羽織らされた領巾《ひれ》がふわりと宙に巻き上げられた。仁祥はとっさに追いかけようとする瓏蘭を制し、長い腕を伸ばすが、薄絹の領巾は風に乗ってみるまに蓮池の方へ飛ばされてゆく。

――ウォンッ！

力強い鳴き声が響いたのは、その時だった。木陰から飛び出したそれは放たれた矢のごとく月台を突っ切り、ざぶんと蓮池に身を躍らせる。

「あれは…、…犬…？」

「す…っ、すんません……！」

息せき切って現れたのは、膝丈の袴を穿いた若い男だった。その手には布を丸めた毬《まり》のようなものと、ちぎれた引き綱を携えている。仁祥が渋い顔をしつつも部下に止めさせないあたり、この邸の下男なのだろう。

「お前、どうしてこんなところに…今日は中庭に近付かないよう、伝えておいただろうが」

「すんません、すんません。お邸の裏手を散歩させてたんですが、あいつ、どういうわけかいきなり興奮しちまって…」

下男が平身低頭する間に、犬はすいすいと池を泳いでゆき、水面に落ちる寸前の領巾を器用に口で受け止めた。そしてくるりと向きを変え、見事な犬かきで人間たちの待つ月台まで泳ぎきる。

「……取って来てくれたのか？」

びしょ濡れのまま月台に上がり、濡れずに済んだ領巾を誇らしげに咥える犬におずおずと話しかける。ずいぶんと大きな犬だった。行儀良く脚を揃えて座っているのに、頭が瓏蘭の腰のあたりにある。王侯貴族に好まれる長毛の小型犬とはかけ離れているが、黒く短い体毛は艶やかで、金色の瞳はきらきらと輝き、丁寧に世話をされていることがうかがえる。

犬がさっと差し出してくれた領巾を受け取り、そっと頭を撫でてやろうとした時、仁祥が慌てた様子で割って入った。

「い…っ、いけません、殿下！　そいつに触らないで下さい！」

「え……？　でも、せっかく取って来てくれたのに…それに、びしょ濡れだから拭いてやらないと…」

「世話は世話係にやらせます。とにかく殿下は絶対に…っ…」

懸命に訴える仁祥の背後から、ひょこりと犬が顔を覗かせた。雫をぽたぽたと滴らせ、きゅうんきゅうんと甘えた鳴き声を出す姿は大型犬のくせに愛らしく、瓏蘭はたちまち放っておけなくなってしまう。

「で…、殿下……！」

何故か青ざめる仁祥や配下の兵士たちには構わず、瓏蘭は犬のかたわらにしゃがみ込み、濡れた身体を手巾で拭いてやった。嬉しそうに鼻面を押し付けてくるのが可愛く、くすぐったくて、思わずくすくすと笑ってしまう。

「笑顔まで……！」

もう駄目だ、と顔を覆ってしまった仁祥とは裏腹に、犬は長い尻尾をぶんぶんと振って溢れる好意を伝えてくるばかりか、ごろんと仰向けに転がり、無防備な腹まで晒してしまった。初対面なのにずいぶんと人懐こい犬だ、と感心しながらふわふわの腹を撫でてやるうちに、こんなふうに犬と触れ合うのは初めてではないことを思い出す。

あれはそう——瓏蘭がまだ十二、三歳の頃だったか。宮城の片隅でこの犬と同じ黒い毛並みの子犬を見付けたのだ。どこかから迷い込んだのだろうその子犬を、貴族の子弟らしい兵士たちが追い回し、いたぶっていた。

たまりかねた瓏蘭が助けに入ると、さすがに皇族相手はまずいと思ったのか、彼らは散り散りになって逃げていった。幸い子犬に大きな怪我は無く、伯父にもらった菓子を与えると、喜んでたいらげた。

人間に酷い目に遭わされたのに、命の恩人だと理解しているのか、子犬は瓏蘭にまとわり付いて離れなくなった。途方に暮れたのは瓏蘭だ。邸で飼ってやればいいのだが、父も側室の艶梅も動物を嫌っており、血筋も定かではない野良犬を受け容れてくれるとは思えない。

困り果てたところへ長身の兵士が現れ、子犬を譲って欲しいと申し出たのだ。初めて会う兵士だったが、瓏蘭は何度も礼を言い、子犬を託した。冬の空にも似たその兵士の灰青の瞳には真摯な光が満ちており、きっと子犬を可愛がってくれると信じられたからだ。

……うん？　灰青の瞳……？

「――これは、独り言なのですが」

いつの間にか瓏蘭の隣に膝をついた仁祥が、ぼそりと呟いた。はあはあと歓喜を爆発させる犬を、恨めしげに眺めながら。

「我が長は犲一族の跡継ぎとして、そりゃあ厳しく育てられたんです。ご両親が早くに亡くなってからは一族の精鋭と古老が総出で武術を叩き込み、眠る間も無かったほど。…そうして出来上がったのは、敵を倒すこと以外何も興味を持たない戦狂いです。それでこそ一族の長だと多くの者が誉めそやしましたが…私は、自分の命にすら執着しないあいつに、危うさを覚えずにはいられませんでした。いつかある日突然、どこかで行き倒れてしまいそうで」

「…戦狂い…」

「ですが六年ほど前、子犬を拾って帰ってから、あいつは変わりました。小さな生き物なんて眼中にも無かったくせに、周りが驚くほどまめに世話を焼いたんです」

その時の子犬がそいつです、と仁祥は相変わらず腹丸出しの犬を指さした。犬は話題になっているのが自分だとわかるのか、ごろんごろんと嬉しそうに背中を揺らしている。

「……まさ、か……」

瓏蘭が子犬を助けたのと同じ六年前。同じ毛色の、やたらと懐っこい犬。同じ灰青色の瞳の兵士。

そして。

――貴方だけです。…俺をまっすぐに見詰め、ありがとうと優しく微笑んで下さったのは。

身に覚えの無い、凱焰の言葉……。

「ああ……！」

ばらばらだった破片が、頭の中でぱちぱちと音をたてながら嵌まっていった。

…間違い無い。この犬は、瓏蘭が助けてやったあの子犬だ。そして子犬をもらってくれた長身の兵士こそ凱焰だったに違いない。

「今でこそそんな有り様ですが、いつものそいつは気位が高くて、世話係にすら撫でさせてくれないんです。不用意に近付こうものならうるさく吠えたてて、触れるのは長くらいで」

とうとう瓏蘭の手を前脚で抱え込み、ぺろぺろと舐め回す犬に、仁祥は口元を歪める。仁祥もまた、何度も吠えたてられた経験があるのだろう。

「…そう、か。……私を、覚えていてくれたんだな」

顎の下を撫でてやれば、犬は金色の瞳をうっとりと細めた。急所を無防備に預けるのは、瓏蘭が命の恩人だからだ。あれ以来一度も会わなかったのに、覚えていてくれたのだ。

……犬でさえ六年も前の恩義を覚えていたのに、私は凱焰をすっかり忘れていた……。

瓏蘭の胸に渦巻く後ろめたさを見透かしたように、仁祥は首を振る。

「殿下が気に病まれることはありません。殿下に懸想してから、あいつは殿下に相応しい地位を得るために知識や作法も必死で身に付けて、ずいぶんと様変わりしましたからね」

「け、……懸想？」

馬鹿な、そんなのありえない。六年前…まだ十二歳の子どもだった瓏蘭に、一族を背負って立つ凱焔が懸想するなんて…。

「…子犬を受け取る時、ほんの一瞬だけ触れた手の温もりとなめらかさが、未だに忘れられないそうですよ」

「えっ……？」

「水晶よりも澄んだ瞳と黒曜石のように艶やかな髪に雪の肌の、それは美しく心優しい御方だったのだと、耳にたこが出来るくらい聞かされました。おかげで殿下が初めて焔狼門においで下さった時には、すぐに殿下だとわかりましたよ」

そういえば仁祥は、瓏蘭が名乗りもしないのに姫家の公子と呼びかけた。瓏蘭の顔は宮人たちには広く知られているのであまり不思議には思わなかったが、凱焔のせいだったのか。

「さんざん酷な目に遭わされ、殿下はさぞあいつを疎んじていらっしゃるでしょう。…ですが、どうか忘れないで下さい。あいつは殿下のために生き、殿下のために死ねる男だと」

「仁祥……」

「殿下のお傍に置いて頂くためなら、あいつはどんなことでもしてみせます。たとえば…どんなに遠くに居ても、殿下の危機となれば駆け付ける…とか」

言い終えるが早いか、どかどかと荒い足音が遠くから聞こえてきた。さっと左右に分かれて敬礼する護衛たちには一瞥もくれず、駆け寄ってくるのは——凱焔だ。緋色の袍をまとい、冠すら外していない。

「……この、駄犬が……っ」

「が、……凱焔⁉」

瓏蘭に撫でられて有頂天の犬を睨み付けるや、凱焔は呆然とする瓏蘭を抱き上げ、大股で歩き出した。犬はきゃんきゃんと抗議しながら追いかけようとするが、世話係の下男と仁祥に二人がかりで押さえ込まれてしまう。

「凱焔、犬が…」

今にも死んでしまいそうな鳴き声を上げる犬が心配になり、緋色の袍を引っ張るが、凱焔は苦々しげに吐き捨てる。

「瓏蘭様に構って頂きたくて、あんな声を出しているだけです。真冬に外を毎日走り回っても風邪一つ引かない、頑丈だけが取り柄の駄犬ですから、何の心配もありません」

「だが、あの子は私の領巾を取るために、池に飛び込んで…」

「それがあいつの手口です。瓏蘭様に構って頂けるならそのくらい俺だってやりますし、いくらでも転がってみせます」

宿命の好敵手と対峙した武人さながらの表情だが、言っている内容は非常にくだらない。凱焔に恋い焦がれる娘たちが聞いたら、百年の恋も冷めるだろう。

「消毒しなくては」

瓏蘭の房室にたどり着いてすぐ、凱焔は瓏蘭ごと寝台に上がり、犬に舐められていた手をためらい無く舐め始めた。袍の膝に乗せられ、背後からしっかり抱きすくめられた有り様では、されるがままになるしかない。

「……六年前、宮城で子犬をもらってくれたのは、そなただったのだな」

「お、……覚えていて、下さったのですか……⁉」

その瞬間、がばりと顔を上げた凱焔といったら見物だった。天下の英雄将軍が張り裂けんばかりに目を見開き、乙女のように頬を真っ赤に染め、ぽかんと口を開けているのだから。もし今、他国の暗殺者にでも狙われたら、まるで抵抗出来ず殺されてしまいかねない。

「あ…、ああ。さっきあの子に会って思い出したのだ。…そなたは、ずっと忘れずにいてくれたのだな」

「忘れられるはずがありません。戦いしか存在しなかった俺の人生は、あの瞬間、鮮やかに光り輝いたのですから」

――ずっと…、…ずっと、こうしたいと思っておりました。薄汚い山犬風情が、おこがましくも、皇国で最も尊く美しい貴方を……、…出逢った瞬間から…。

初めて肌を重ねたあの夜、凱焔の狂おしい告白の意味がやっと理解出来た。ほんの半刻にも満たない邂逅《かいこう》を胸に抱き、凱焔はずっと戦い続けてきたのだ。

再び瓏蘭とあいまみえるために。……皇族である瓏蘭に、相応しい男になるためだけに。

「…そなたは…、愚かだ。…そんなことのために、大切な命を投げ出そうとするなんて…」

噛み殺したはずの嗚咽《おえつ》は、小柄な身体をすっぽり覆う腕から伝わってしまったようだ。小さく震えるまなじりを、熱い舌が何度も舐める。慰めるようにと表現するには、過ぎた熱心さで。

「もしも貴方と出逢わなかったら、俺はとっくにどこかの戦場で野垂れ死んでいました。俺を生かして下さったのは、瓏蘭様、貴方です。…貴方が、俺の人生を光に導いて下さったのです」

「…凱、焰…、…凱焔…」

筋肉の隆起した胸板――その左胸に、瓏蘭はそっと触れてみる。袍越しに伝わってくる力強い命の鼓動が、とても尊いものに感じられた。凱焔が跋鬼にならずに済んだのは、たまたま体内に抵抗力を有していたからに過ぎない。その幸運な偶然が無かったら、今頃この男は血肉を求める化け物となり、草原をあてども無くさまよい続けていたのだ。

「っ…、…瓏蘭様…？」

戸惑う凱焔の鼓動は、瓏蘭が触れているだけでどんどん速くなっていく。もう数えきれないほど肌を重ねたのに、この程度でどうして恥じらうのだろうか。

「……ありがとう」

瓏蘭は凱焔を見上げ、ふわりと微笑んだ。はっと息を呑む凱焔の大きな掌に指を絡め、きゅっと握り込む。

「忘れずにいてくれて、ありがとう。…それと、あの子の面倒をずっと見てくれたことも」

「ろろろろろ、瓏蘭、様…、瓏蘭様……」

「あ……、そういえば、あの子の名前は何というのだ？」

仁祥からも世話係からも教えてもらっていないと思い出して尋ねれば、今にも昇天しそうな勢いで緩みまくっていた顔が酢でも飲まされたように歪む。

「そんなものは、ありません」

「名前が無い、だと？　……六年も飼っているのに？」

瓏蘭は犬猫の類を飼ったことは無いけれど、名前を付けてやるのは飼い主の義務ではないか。六年もの間、名無しの犬も可哀想だ。責める気配を敏感に察したのか、凱焔は慌てて反論する。

「六年前、瓏蘭様はあの犬に手当てをしてやり、手ずから餌を与えてやり、抱き上げて頬擦りまでしていらっしゃいました」

「そう…、だったか？」

「そうだったのです。…俺でさえそんなことをして頂いた覚えは無いのに、腹を見せるくらいしか能の無い犬の分際で生意気な……、……羨ましい……」

凱焔は剝き出しにした犬歯をぎりぎりと忌々しそうに軋ませ、全身から怒気を立ち上らせる。己の飼い犬に、本気で嫉妬しているのだ。瓏蘭すら忘れかけていた遠い日の触れ合いを今も根に持ち、妬ましいからと名前も付けてやらなかったなんて。

……なんて――。

「…ふふ…」

「瓏蘭様？」

「ふふふっ、…あ、あははっ……」

こみ上げる衝動を堪えきれず、瓏蘭は吹き出した。腹を抱えて笑うなんて、母が生きていた頃ぶりではないだろうか。

母の死後、艶梅と雄徳が迎え入れられてからは、声を出して笑うことは無くなった。瓏蘭が笑っていると父がひどく不機嫌になり、周囲に当たり散らすからだ。

笑うことは罪深いのだと思っていた。笑えば、誰かを不幸にしてしまうのだと。

けれど、凱焔は――。

「…ああ…、瓏蘭様…」

恍惚と笑み崩れ、壊れ物でも扱うかのようにそっと瓏蘭を腕で囲った。灰青の双眸は蜜でも溶かしたかのように甘く蕩け、瓏蘭だけを映している。

「…あの犬がいたぶられている様を…、俺も遠くから見ていました」

「え……」

凱焔の父親――先代の長は、少しでも一族の地位を押し上げるため、金にものを言わせて高位貴族の姫を娶り、凱焔を産ませた。だが凱焔の母親は夫も蛮族の血を引く息子も忌み嫌い、死ぬまで別宅に引きこもったという。凱焔の父もまた、立派な長ではあったが、父親としての愛情は最期まで注ごうとしなかったそうだ。

「罪も無いのに痛め付けられるあの犬と、両親に疎まれ、一族以外の全ての民からさげすまれる俺は同じだと思いました。…だから助けようとした矢先、貴方が現れたのです」

「私が……」

「貴方があの犬を救った時、俺もまた救われた気がしました。…そして、貴方のお傍に置いて頂くためなら、何でもすると決意したのです」

巨軀を折り曲げるようにして、凱焔は腕の中の瓏蘭に頰を擦り寄せた。きちんと髭《ひげ》も剃られているはずなのに、なめらかな感触は何故かあの黒い犬の毛並みを思い出させる。

「愛しています、瓏蘭様」

「…っ…、凱焔…、だが私は…」

「貴方が俺を愛して下さらなくてもいい。憎まれても構わない。…ただ俺以外の男も女も寄せ付けず、俺だけを見て、俺だけを傍に置いて下されば」

無茶を言うなと、即座にはねつけなければならないはずだった。皇国の支柱、皇族であるという自覚があるのならば。

「……そなたは、愚かだ……」

だが瓏蘭に出来たのはただ小さく詰るだけで、罵倒と呼ぶには甘すぎるそれを浴びせられた男は、見えない尻尾をぶんぶんと振りながら愛しい主を押し倒すのだった。

月台の東屋で蓮池を眺めていると、きゅうん、と鼻にかかった鳴き声が聞こえた。足元に寄り添う黒い犬が、心配そうに瓏蘭を見上げている。

「大丈夫だ、黒焔《こくえん》。…ありがとう」

そっと頭を撫でてやれば、犬――黒焔は誇らしげに胸を反らし、ぶんぶんと尻尾を振った。『黒焔』が自分の名前だと、ちゃんと理解しているのだ。

再会を果たした翌日、瓏蘭は凱焔の反対を押し切り、二人を結び付けてくれた犬に名前を付けてやった。体毛の色と、飼い主から一文字もらって黒焔だ。少々ひねりが足りないかもしれないが、本人…もとい本犬は気に入ってくれたようだから良しとする。

『…俺でさえ、瓏蘭様に名前を付けて頂いたことなんて無いのに…！』

凱焔はまた仕様も無い文句をこねまわしながら嫉妬の焔を燃やしていたが、自分の居ない間、黒焔を傍に置きたいという瓏蘭の願いは不承不承聞き入れてくれた。仁祥曰く、ご機嫌取りの一環だそうである。

いくら凱焔が瓏蘭に張り付いて過ごしたいと願っても、跋鬼誅滅の英雄たる凱焔は皇国軍において

大将軍に次ぐ実力者なのだ。こなさなければならない務めは山ほどあり、どうしても邸を空けがちになる。瓏蘭に暇を持て余させるよりは妬ましい黒焔を侍らせ、機嫌良く過ごしていてもらう方がまだましだと苦渋の決断を下したらしい。

——黒焔との再会から七日。凱焔は今朝も渋々と出仕していった。犲一族の精鋭たちと、普段は瓏蘭の監視役兼護衛として置いていくはずの仁祥までも伴って。

『用が済めば、すぐにでも貴方のもとに戻ります。どうかその駄犬には構わず、俺のことだけ考えながら待っていて下さい』

凱焔はそうとしか言わなかったけれど、凱焔でも無視出来ない権力者——おそらくは伯父の皇帝から出仕を命じられたのだろうと思っている。

……再び、跋鬼誅滅を命じられるのか……。

長城周辺を根城とする跋鬼どもが滅ぼされて、一月以上が経った。そろそろ他の群れが長城に押し寄せてきてもおかしくない頃合だ。

凱焔たちが帰還してすぐ、皇帝龍永は長城の修復を再開させたはずである。しかし、跋鬼どもを警戒しながらの修復が一月足らずで終わるはずもない。龍永としては、長城周辺の群れが一掃された今こそ攻勢に出つつ、修復のための時間を稼ぎたいところだろう。

そしてそれは、凱焔たちにしか命じることが出来ない。皇国の兵士では跋鬼の数を増やすだけだと、今や龍永も承知しているからだ。

……伯父上は、一体何を考えておられるのだろう？

跋鬼に噛まれれば跋鬼になる。恐ろしいことだ。しかし、凱焔たちが命懸けでその情報を持ち帰ってくれた今なら、凱焔たちの体液を摂取させる以外にも対処方法はあるのではないか。

たとえば全身を金属の鎧で覆い、鎖帷子《くさびかたびら》でも着込めば、噛み付かれる危険性はだいぶ低くなるはずだ。それでも犠牲者は必ず出るだろうが、そこまで気にしていては何も出来まい。凱焔たちにも体力の限界というものがある以上、際限無く戦わせ続けるわけにはいかないのだから。

戦に関して門外漢の瓏蘭に思い付くのはこの程度だが、武官たちであればより良い対策を思い付いてくれるに違いない。調和を重んじる龍永の気性なら、凱焔から情報を得てすぐ周囲に諮《はか》っても良さそうなのに。

「はあ……」

つくづく、身動きの取れないこの状況が恨めしい。自由の身であればすぐさま宮城に上り、伯父の真意を問い質せるものを。

実家の状況も心配だ。龍永から登城を禁じられ、凱焔に屈辱的な目に遭わされ、重徳はさぞや荒れ狂っただろう。公の官職に就いていなかろうと、能力が無かろうと、皇族は皇族だ。龍永と龍晶の身に大事があれば、帝冠をかぶることになるのは重徳である。

重徳は昔から、壮健な自分こそが帝位に即くべきだったと何かにつけ零していた。自分が皇帝となり、龍晶の代わりに雄徳を皇太子に、愛しい艶梅を皇后に冊立する。そんな夢を、ずっと見続けているのだ。

……怒りに駆られ、軽はずみな真似をしなければいいのだが……。

「…黒焔？」

溜息を吐いた時、行儀良く座っていた黒焔がむくりと起き上がり、低く唸り始めた。少し離れたところで控えていた護衛たちもさっと表情を引き締め、腰の剣に手をかける。

「──殿下、こちらへ」

一番年かさの護衛が、静かに促した。ややあって、瓏蘭もにわかに張り詰めた空気の理由を悟る。中庭の方角から、荒々しい足音と怒声が聞こえてきたことによって。

凱焔や犲一族の者たちなら、あんなに騒々しい音をたてたりしない。そもそも出立して一刻も経たないのに、凱焔たちが戻って来るはずがない。

…ならば、考えうることはただ一つ。

「…招かれざる客の襲来、か」

一体誰か、などと考えるだけ無駄というものだ。跋鬼誅滅を成し遂げ、凱焔は多くの支持者を得たが、同じだけ敵も作った。ことに古くから武官の地位を独占してきた軍閥貴族たちは、多少強引な手段を用いてでも凱焔を排除したいだろう。あいにく肝心の凱焔は不在だが、瓏蘭が捕まりでもすれば厄介なことになる。

……しかし妙な話だ。凱焔が宮城に出仕していることは、貴族ならわかるはずなのに……。

首を傾げつつも、瓏蘭は年かさの護衛に先導され、黒焔と共に殿舎の裏手に回り込んだ。広大な敷地をぐるりと囲む長屋塀に、小さな潜り戸が設けられている。有事の際、邸の主人やその妻子を逃がすための非常口だろう。全体に壁と同じ漆喰《しっくい》が塗られ、よくよく観察しなければ戸だとはわからないよう細工されている。

「…誰か出て来るぞ！」

だが、年かさの護衛が戸を細く開けたとたん、殺気立った怒号が流れ込んできた。護衛は即座に戸を閉めるが、破られるのは時間の問題だろう。外側から大槌《おおづち》か何かで叩いているのか、戸は大きくたわみながらぎしぎしと軋んでいる。

「くそ、囲まれたか……」

年かさの護衛は精悍《せいかん》な顔に焦燥を滲ませ、今度は瓏蘭を手近な小屋に導いた。一見、庭師の作業用とおぼしき粗末な小屋だが、壁には鉄板が仕込まれ、食料や水、弓矢などの武器も備蓄されているという。

「守備を固めて籠城すれば、少なくとも一刻は稼げます。その間に長が帰って下されば……」

護衛が唇を歪める間にも、猛々しい叫喚《きょうかん》は怒涛のごとく押し寄せてくる。配下たちはめいめいの武器を取り、訓練された動きで身構えた。ものものしい雰囲気に、黒焔も身を低くし、ぐるるるると警戒の唸り声を上げながら小屋の入り口を睨み付ける。

何も出来ない自分が情けないが、下手に動き回れば護衛たちの迷惑になるだけだ。冷静になろうと深く息を吸っては吐くうちに、瓏蘭はふと違和感を覚える。凱焔が不在であることは、もう襲撃者たちも悟ったはずだ。倒すべき敵が居ないのに、何故退こうとしないのだろう？

疑問の答えは、すぐにもたらされた。

「――兄上！」

「…ゆ…、……雄徳!?」

久しぶりに聞く異母弟の呼び声に、瓏蘭は腰を抜かしそうになった。何故、雄徳がこんなところに居る？　襲撃者たちを率いてきたのは、雄徳なのか？

「そこに居られるのはわかっています。すぐに出て来て下さい。そうすれば、邸の者たちの命までは取りません」

「ひぃぃ……っ……！」

続いて響いた悲鳴には、聞き覚えがあった。瓏蘭の花嫁支度を手伝ってくれた侍女の一人だ。戸口越しに聞こえるざわめきからして、他にも戦うすべを持たない多くの召使いたちが捕らわれているに違いない。

「雄徳……」

「……いけません、殿下」

ふらふらと出て行きかけた瓏蘭を年かさの護衛が引き留め、渋い顔で首を振った。

「鎌をかけているだけです。殿下がいらっしゃると、確信を持っているわけではありません」

「しかし、出て行かなければあの者たちが……！」

「殿下と引き換えに助かれば、戻られた長に殺されます。…あの者たちは、すでに亡き者とお考え下さい」

年かさの護衛のみならず配下たちまでもが、神妙な顔つきで首肯する。捕らわれた者たちの中には、彼らの身内も交じっているだろうに。

「……兄上！　聞いておられるのですか⁉」

苛立ちを増す一方の雄徳の怒声が、瓏蘭を追い詰めていく。何から何まで重徳に生き写しの雄徳は、虫けら以下の召使いを殺すのに何のためらいも持たないだろう。医術を学ぶ者にとって何より大切な人命が瓏蘭のせいで奪われるなんて——誰が何と言おうと、見過ごせるわけがない。

「——雄徳、私はここだ！」

護衛たちに止められる前に、瓏蘭は声を張り上げた。どよめきがやんだ後、雄徳が戸板越しに呼びかけてくる。

「…では、兄上一人で外に出て来て下さい。くれぐれも、山犬どもに妙な真似はさせないように」

「殿下っ…」

この期に及んで止めようとする護衛に、瓏蘭は静かに首を振ってみせた。

「そなたたちだけでも無事に逃げてくれ。…凱焔には、そなたたちを罰したら一生口をきいてやらないと伝えよ」

そうすれば、凱焔は護衛たちを決して罰せないはずだ。唇を噛み締める護衛に一つ頷き、黒焔の頭を撫でてやってから、瓏蘭は小屋の戸を押し開く。

「――っ…」

予想を上回る光景に、瓏蘭は声を呑んだ。おんぼろの小屋を、寸分の隙も無く武装した兵士たちが取り囲んでいる。ぱっと見ただけでも、その数は百人を下るまい。そちこちに翻る軍旗に記された紋章は、皇族を示す龍と蓮の花…臣籍に降る際、重徳に与えられた姫家の紋章だ。

「これはこれは兄上。しばらくお会いしないうちにずいぶんと艶めかれて…山犬の頭領には、だいぶ可愛がられたようですね」

ひときわ美々しい金属鎧に身を包んだ雄徳が、軍勢の中心でせせら笑った。祝宴の日から邸に帰らない瓏蘭がどこでどう過ごしていたのか、察しはついているのだろう。

「……雄徳。これは何の真似だ」

侮辱の言葉を無視し、瓏蘭は異母弟を睨み付けた。雄徳の足元にはあの侍女たちを始め、犲一族の召使いたちが縄を打たれ、転がされている。皆ぐったりとして動かないのは、女子であっても構わず痛め付けられたからだろう。

「っ…、決まっているではありませんか。時が来たんですよ」

「時…、だと？」

瓏蘭が眉を顰めると、雄徳は誇らしげに胸を張った。ばっと広げられた手の先で、姫家の紋章が染め抜かれた旗が風にはためいている。

「ええ。…今こそ、父上が帝位に即かれる時です」

「…な…っ…⁉」

まさか龍永と龍晶の身に何かあったのか。背筋を冷たい汗が伝い落ちるが、即座に思い直した。二人に万が一のことがあれば、帝位は何もせずとも重徳に転がり込んでくる。わざわざ雄徳に軍勢を率いさせ、凱焔の邸宅を襲撃させる必要など無い。

「そして私は皇太子となり、母上は皇后になられる。…そのためには兄上、貴方には是が非でも一緒に来て頂かなければ」

「…私を、どうするつもりだ」

「人質になって頂くのですよ。犲凱焔を…あの汚らわしい獣を、従順な駒にするためのね」

雄徳は大笑し、得意気な顔付きで語っていった。登城を禁止され、重徳がとうとう兄皇帝に叛意を抱くに至ったこと。祝宴の後から龍永が体調を崩し、床に就いてしまったこと。昨晩、重徳が兄を一目でも見舞いたいと半ば泣き落としで蒼龍殿に押しかけ、龍永から皇帝の証たる宝珠を奪い取り、龍晶共々幽閉してしまったこと。凱焔を勅命で呼び出したのは、龍永ではなく重徳であったこと。

「――今や宮城は父上と、父上を支持する貴族たちの支配下にあります」

「……っ…、何てことを……！」

つかの間、視界が真っ黒に染まる。…父の野心と執念を、甘く見すぎていた。不平不満を零すだけで、帝位簒奪など決して実行には移せないと――その能力も人望も無いと、侮っていたのだ。

「皇帝陛下と皇太子殿下をお支えすることこそ、皇族の務めなのに……劣悪な環境でお二人がお身体を損なわれるようなことになったら……！」

「問題無いでしょう、そんなこと。…すでに帝位には、父上が即かれているのですから」

侮蔑たっぷりに言い放つ雄徳は、間違ってはいない。蒼龍皇国の皇帝とは皇族の血を引き、蒼龍より賜りし宝珠を持つ者を指すのだ。手段はどうあれ、宝珠を手にした重徳は帝位に即く条件を満たしている。だからこそ皇帝に仕える侍郎や侍従、宮人たちも、表立って重徳に逆らいはしないのだろう。

だが、雄徳は……。

「…凱焔を手駒にしたがるのは、立太子に相応しい武勲を立てるためか」

低く問えば、雄徳はにやりと笑った。思った通りだ。龍永の同母弟たる重徳の帝位は認められても、庶子に過ぎない雄徳が皇太子の座に就くことには、周囲から強い反発があったのだろう。重徳が帝位に即いたなら、皇太子となるべきは嫡子の瓏蘭だ。むろん、瓏蘭にそのつもりはかけらも無いが。

協力者である貴族たちの意見を、重徳は一蹴出来なかった。だから雄徳に、誰も異議を唱えさせないだけの箔《はく》をつけてやろうと目論んだのだ。跋鬼誅滅の英雄、凱焔を使って。

「兄上を一夜自由にするために、跋鬼の群れを一つ誅滅したくらいです。…兄上の命と引き換えなら、群れの二つや三つ、軽く退治してくれるでしょうね」

「…そしてそなたが、その手柄を横取りするのか」

「横取り？　薄ら汚い山犬風情がこの私の役に立てるのですから、感謝して欲しいくらいですよ」

尊大に腕を組む雄徳は、すでに皇太子となったつもりでいるのかもしれない。本来なら当主と嫡子しか率いることを許されない姫家の私兵を任され、今が得意の絶頂なのだ。

……伯父上、龍晶、……凱焔……！

幽閉されたという伯父と従弟、そして今朝も黒焔相手に嫉妬の焔を燃え盛らせていた男の面影が次々と閃いては消えていく。…伯父たちはまだいい。いくら重徳でも兄殺しの汚名まで着たくはないはずだから、殺しはしないだろう。

だが凱焔は――いくら跋鬼の毒素に対する抵抗力を有していても人間だ。雄徳に命じられるがまま跋鬼を滅し続ければ、いつか必ず体力の限界が訪れ、草原に骸を晒してしまう。

そうなっても、雄徳の心はまるで痛まないだろう。己の指揮下で皇国の宿敵たる跋鬼を誅滅してみせた。雄徳が必要とするのは、その事実だけなのだから。

……私が……。

生き延びてくれたのに。帰って来てくれたのに。…重徳から、救い出してくれたのに。

……私が、あの男を死なせるのか……。

「さあ兄上、のんびり話している暇などありません。貴方を無事に返して欲しくば長城のほころびに向かえと、父上はあの山犬に命じられたはずです。山犬が狩りを始める前に、私たちも草原に到着しなければ」

雄徳の合図を受けた兵士たちが、左右から近付いてきた。さすがに凱焔たちだけを草原に出陣させせ、自分は皇都でふんぞり返って朗報を待つほど厚顔無恥ではないのか。

……いや、常日頃重徳に武官の地位をねだっていた雄徳のことだ。跋鬼が滅される光景を我が目で見て楽しみたいのだろう。激高した凱焔になぶり殺されぬよう、瓏蘭の身柄は必ず確保しておかなければならない。

……私のせいで凱焔を死なせるくらいなら、いっそここで……。

迫りくる兵士の腰に吊るされた剣を、瓏蘭はちらりと盗み見た。貴族男子のたしなみとして、ある程度の護身術は学んでいる。不意を突いてあの剣を奪い、喉を貫くくらいなら、瓏蘭にも出来るはずだ。

動き出そうとした瓏蘭の横を、黒い疾風が吹き抜けた。

「ひぎゃああっ⁉」

悲鳴を上げる兵士の手に噛み付いたのは、黒焔だ。兵士は必死に振り払おうとするが、黒焔の鋭い牙は食い込んで離れない。

「こ、こいつ…っ！」

もう一人の兵士がぶんと槍を振るい、黒焔をしたたかに殴打する。かなりの衝撃だったはずだが、黒焔は低い唸り声を発したまま、いっそう強く牙をめり込ませた。鬼気迫るその姿に気圧されかけた雄徳が、取り繕うように嘲笑する。

「この状況で主人を守ろうとするとは、さすが兄上。犬には好かれる性質であられる」

違う。黒焔はきっと瓏蘭があの兵士の剣で自ら死のうとしているのを嗅ぎ付け、止めようとしたのだ。おとなしくしていれば犬の一匹、雄徳たちも見逃しただろうに。

「ウ…、ウゥ……」

雄徳の指示で加わった兵士たちによってたかって打擲《ちょうちゃく》され、黒焔はとうとう力尽きた。地面に崩れ落ちた黒焔に兵士たちがとどめを刺そうと槍を振り上げた時、瓏蘭はたまらず割って入る。

「……やめよ！　もう、充分《じゆうぶん》であろう！」

「し、しかし…」

「犬一匹に関わっている暇など無いはずだ。…そうであろう？」

ためらう兵士の肩越しに睨んでやれば、雄徳は余裕の笑みを浮かべた。

「…まあ、取るに足らぬ犬一匹、兄上の顔に免じて見逃して差し上げましょう。もちろん、兄上が大人しく同行して下されば…ですが」

「……好きにするがいい」

進み出た瓏蘭を、兵士たちがすかさず拘束した。

手勢の一部を残し、雄徳一行は凱焔の邸を引き上げた。意気揚々と目指すのは長城――その背後に広がる草原だ。途中で重徳が差し向けた皇国軍も合流し、大軍の将となった雄徳は上機嫌で馬を駆っている。

一方、瓏蘭は武器になりそうなもの全てを奪われ、護送用の馬車に閉じ込められていた。灯り取りの小さな窓には鉄格子が嵌められ、出入り口には外側から錠がかけられている。身体を縛められてこそいないが、まるきり罪人と同じ扱いだ。

それでも瓏蘭は屈辱に身を震わせたりなどせず、ひたすら考え続けていた。どうすれば生き延びられるのか。雄徳を出し抜き、凱焔たちを助けられるのか。

凱焔を死なせるくらいなら自分が死ぬ、という気持ちは、綺麗さっぱり消え失せた。黒焔が身をもって教えてくれたのだ。瓏蘭の死によって助かっても、凱焔は決して喜ばない。それどころか絶望の淵に沈んでしまうのだと。

「……っ、ずいぶんと冷えるな……」

格子の隙間から吹き込む風に、瓏蘭は襟元を掻き合わせる。皇都の城壁を越えてから、風が急に冷たくなった。毛皮の外套《がいとう》を着込んだ雄徳たちはさして気にならないだろうが、薄物を重ねただけの瓏蘭には少々堪える寒さだ。

……皇都では、春らしく暖かい日が続いていたのに……。

皇国は蒼龍より長城と宝珠を託された国ゆえ、皇帝の座す皇都は長城からさほど離れていない。知識として教えられただけだが、一日も馬を走らせれば長城が見えてくるという。犲一族のように馬の扱いに長けた者たちならば、半日程度で到着出来るだろう。

たったそれだけしか離れていないのにこの冷え込みは、長城の…いや、跋鬼どもの影響なのだろうか。奴らは単なる化け物ではなく、跋鬼に噛まれた人間が変化したモノたちだ。生きながら怪物に成り果てた者の怨念が、空気を冷やしているのかもしれない。

「うん……？」

がたんと馬車が大きく揺れた拍子に、疑問が浮かんだ。跋鬼は最初から跋鬼ではなく、人間だったというのなら――。

「……一番初めの跋鬼は、どこから現れたのだ？」

伝承によれば跋鬼は三百年前、こつぜんと姿を現したとされている。

だがその跋鬼たちも、瓏蘭の推察が正しいなら、もとは人間だったはずだ。…彼らは一体、どうやって跋鬼になったのだ？

「跋鬼の毒素、……凱焰たち犲一族の持つ抵抗力……」

今まで得た情報と知識が、めまぐるしく脳内で絡み合う。答えはすぐ手の届くところにある気がするのに、届かないもどかしさを何度味わった頃だろうか。一度の休憩も挟まずひたすら走り続けていた馬車が、軋みながら停止したのは。

「降りて下さい、兄上」

雄徳に促され、瓏蘭は開かれた扉から外に降り立った。突き刺すような寒さに震えながら、ぱちぱちと目をしばたたく。

……これが、長城……。

絵巻物に描かれる長城は灰色の煉瓦《れんが》を高く積み上げ、守備隊の兵士が通行出来るだけの幅を持たせた武骨な城壁である。だが今、瓏蘭の目の前にそびえるのは、ゆうに瓏蘭三人分はありそうな高さの白亜の城塞だった。三百年以上風雨に晒されてきたとは思えない艶となめらかな輝きを帯びた煉瓦は、一体何から出来ているのか。瓏蘭には想像もつかない。

それも当然だろう。長城を築いたのは人間ではなく、偉大なる蒼龍…天空より舞い降りし神なのだ。神の御業に、人智が及ぶはずもない。

城塞というよりは、宮殿と表現した方がしっくりくる荘厳な長城——だからこそ、その真ん中にぽっかりと空いた巨大な穴はひどく目立った。馬に乗った人間がそのまま出入り出来そうな大きさのそれこそが、跋鬼の群れが押し寄せてきたほころびなのだろう。

瓏蘭の目には、経年によって朽ちたのではなく、巨大な虫が手当たり次第に喰い荒らした跡のように見えた。その虫食いの跡が、見渡す限り長城のあちこちに空いているのだ。修繕が遅々として進まないのも無理は無い。

幸い、瓏蘭の手近にある穴の他はやっと手足を通せるくらいの大きさだから、跋鬼の侵入を許す恐れは無いだろう。凱焔たちが誅滅した跋鬼どもが押し寄せてきたのも、この穴のはずだ。

「——瓏蘭様っ…⁉」

状況も忘れて長城に見入っていた瓏蘭を、狂おしい熱を帯びた声が現実に呼び戻した。戦闘用の旗袍に革鎧で武装し、青毛の馬に騎乗した凱焔が、馬車を挟んだ向こう側で灰青の双眸を見開いている。その背後には仁祥と、率いられてきた犲一族の戦士たちも馬首を並べているが、瓏蘭の目に映るのは凱焔だけだ。

「凱焔…っ…」

——生きていた。……生きていてくれた！

雄徳は凱焔を手駒にしたいのだから、殺されることはないはずだが、短慮な重徳が血気に逸ればどんな目に遭わされるかわからないと密かに案じていた。だが馬上に在って歴戦の風格を漂わせる凱焔は、憔悴《しょうすい》しきってはいるが、どこも怪我を負った様子は無い。

「……おっと。感動の再会を楽しむのは、後にしてもらおうか」

たまらず駆け寄ろうとした瓏蘭の前で、雄徳の合図を受けた兵士たちが槍を交差させた。雄徳は従者の手を借りて下馬し、立ちすくむ異母兄の手首をひねり上げる。

「痛っ……」

「…瓏蘭様…！」

まなじりを決した凱焔が馬の腹を蹴りかけ、ぐっと手綱を握って堪えてくれた時には、瓏蘭は心の底から安堵した。…そう、それでいい。凱焔は比類無き勇者だが、瓏蘭を人質に取られた上、倍以上の軍勢に囲まれればなぶり殺されるだけだ。

「――貴様……、よくも瓏蘭様に……」

この寒空に上着すら羽織らせず、薄物のまま異母兄を引き回す雄徳の外道ぶりに、凱焔は灰青の双眸に怒りの焰を燃え盛らせる。兵士たちすら威圧するその怒りに呑み込まれそうになりつつも、雄徳がどうにか踏みとどまれたのは、ここさえ乗り切れば皇太子になれるという野心ゆえだろうか。

「…っ、……お前が凱焔だな。我が父、皇帝陛下より勅令を賜ったであろう。ただちに出撃し、跋鬼どもの群れと会敵し次第殲滅せよ。私が許すまで、帰還を禁ずる」

「……」

「群れの首魁とおぼしき跋鬼は、討伐の証として首を持ち帰れ。くれぐれも皇太子となる私を危険に晒さぬよう…、……おい、聞いているのか？」

一言も発しない凱焔に、雄徳は苛立ったように眉を跳ね上げる。精いっぱい新たな皇太子としての威厳を取り繕ってはいるが、瓏蘭を縛める手は小さく震えていた。その怯えを見透かしたように、凱焔は数多の戦場を駆けた者しか持ちえない凄みのある笑みを刻む。

「――皇帝？　ただの腐った豚饅頭のことを、皇国では皇帝と呼ぶのか。しかも、自惚ればかり強いひよこが皇太子とは…俺は初耳だが、仁祥、お前はどうだ？」

「あいにく、私も存じ上げませんでした。我ら一族、皇国の作法にはとんと不調法なもので」

凱焔の問いを受け、仁祥は必要以上にへりくだった態度で応じた。寸劇めいた遣り取りにぽかんとしていた雄徳だが、痛烈な皮肉を浴びせられたのだと気付き、目を吊り上げる。

「こ…っ、こっ、このっ、山犬の分際で…！　兄上がどうなっても、構わぬの、……か……」

勢いを増した灰青の焔にあぶられたとたん、雄徳はしおしおと項垂れていった。両親に溺愛され、おだてるばかりの召使いと師に囲まれて育った異母弟だ。本物の殺気を向けられたのは、生まれて初めてだろう。

「――姫家の庶子よ、忘れるな」

騎馬でも一気には詰められない距離を隔て、数多の軍勢に守られていてもなお死の恐怖を味わわせる。戦場に在ってひときわ輝きを放つ驍将《ぎょうしょう》が、偽りの皇太子の喉元に、不可視の刃を突き付ける。

「瓏蘭様に毛一筋でも傷を負わせれば……その時こそ、貴様の死ぬ時だとな」

「……う、……うう……」

真っ赤になった雄徳にがなりたてる暇すら与えず、凱焔は馬首を巡らせた。逞しいその背中が長城のほころびの奥に消える寸前、瓏蘭はあらん限りの力で叫ぶ。

「――凱焔……！　どうか、……どうか無事で！」

弾かれたように振り返った顔に、驚愕の色が広がる。くしゃりと幼子のように笑い、凱焔はぐっと拳を握り締めてみせた。言葉を交わす余裕など無かったが、それだけでじゅうぶんだ。

……あの男は死なない。必ず、私のもとに帰って来る。

ならば瓏蘭もまた必ず生き延び、雄徳と重徳の企てを阻止しなければならない。囚われの伯父と従弟を助け出すために――凱焔の帰る場所を、守るために。

「くそ…、くそくそくそぉっ…！」

仁祥や犲一族の戦士たちが凱焔に続き、味方の軍勢だけになってから、雄徳は鎧をがちゃがちゃ鳴らしながら地団太を踏んだ。よくよく見れば、龍と蓮の紋章が入ったその鎧は、姫家の嫡子――本来なら瓏蘭しか着用を許されないものだ。

「こうなったら、私たちも打って出るぞ。我が手で化け物どもを滅してくれん！」

「…なっ、若様!?」

血相を変えたのは、常に雄徳に付き従う中年の武官だ。どこかで見た覚えがあると思ったら、雄徳の武術の師だった。かつて皇国軍の将官だったというから、雄徳の軍勢を実質的に率いるのはこの男なのだろう。

「なりませぬ！　若様には決して長城を越えさせぬようにと、殿…、いえ陛下からきつく命じられております。大将たる者、陣営の奥で堂々と構えておられれば良いのです！」

中年の武官としては、従軍経験も無いお飾りの大将を前線に出し、跋鬼とまともに戦わせるわけにはいくまい。万が一怪我でもさせれば、文字通り首が飛ぶ。先に出撃した凱焔たちに、どさくさに紛れて暗殺される恐れもある。

「…うるさい！　皇太子となるこの私に、差し出口を挟むなっ！」

だが、どうにかして失われた自尊心を癒したい雄徳も頑迷に譲らない。こうなってしまえば、必然的に妥協せざるを得なくなるのはお守りを命じられた武官の方だ。

「…仕方ありませんな。しかし若様、くれぐれも我らよりも前にはお出になりませんように」

「何故だ。前に出なければ、化け物を倒せぬではないか」

「…っ、雄徳！」

この異母弟は、本気で自ら跋鬼を狩ろうとしている——寒気が走り、瓏蘭は主従の会話に割って入った。雄徳はもちろん、武官も、その配下の兵士たちも皆、跋鬼に対する抵抗力を有していないのだ。鎧に守られていない部分に噛み付かれれば、跋鬼の仲間入りを果たしてしまう。

「……兄上？」

「自ら跋鬼を倒そうなどと、愚かしいことを考えるな。奴らに一度でも噛まれれば、そなたたちまで跋鬼になってしまうぞ…！」

跋鬼は毒素を持っており、噛まれた傷口から毒素が侵入する。凱焔たちのように生まれつき抵抗力を有する者は大丈夫だが、有しない者は皆同じ血肉に飢えた跋鬼と化し、ついさっきまでの朋輩に襲いかかってしまう。

瓏蘭の必死の説明をぽかんとして聞いていた雄徳は、堪えきれないとばかりに笑い出した。

「ははは…！　な、何を申されるかと思えば、人間が跋鬼になる？　あの山犬どもが誅滅を成し遂げたのは、その抵抗力とやらを有していたからだと？」

「そうだ。だから…」

「そのような荒唐無稽なこと、あるわけがない。…そなたもそう思うであろう？」

雄徳の問いに、中年の武官は戸惑いながらも頷いた。話を聞いていた兵士たちも、いぶかしげな眼差しを投げかけてくる。毒素や抵抗力の考え方は皇国の医術には無いものだから、仕方が無いのかもしれないが…。

「心配には及びませんよ、兄上。確かに私はこれが初陣ですが、幼い頃より鍛錬を積み、もはや教えることは無いと師に保証された身です。化け物ごとき、一刀のもとに滅してみせます」

「そういうことではないのだ、雄徳。跋鬼は…」

「ぐずぐずしていたら、山犬どもに先を越されてしまう。行くぞ、皆！」

応、と兵士たちの鯨波《げいは》がとどろいた。

龍永が安定した外交手腕を発揮する皇国では、西方の異民族との小競り合いを除けば、長らく戦いらしい戦いは起きていない。手柄を立てる機会に飢えた若い兵士たちは、先を競って長城のほころびから草原へ出撃していく。跋鬼は未知の化け物だが、誅滅を果たした犲一族を盾にすれば勝利は確実だと計算したのだろう。

中年の武官に促され、瓏蘭は騎乗した武官の前に抱きかかえられる格好で乗せられた。こうすれば大切な人質を逃す恐れは無く、監視も行き届く上、万が一にも雄徳を襲われずに済む。

「…妙な気は起こされぬ方が、御身のためですぞ」

武官は小さく警告し、馬の腹を蹴った。長城の外に飛び出せば、そこは見渡す限り広がる青草の海原だ。はるか彼方で、深緑の地平線と雲一つ無い蒼穹《そうきゅう》が溶け合っている。こんな時でなければじっくり眺めていたくなる絶景だが、この草原こそが、凱焰の祖先がかつて跋鬼どもと戦い続けていた戦場なのだ。

武官は見事な手綱さばきで馬を操り、先にほころびをくぐっていた雄徳にあっさりと追い付いた。雄徳は離れる気の無いお守り役が面白くないようだが、引き離そうとはしなかった。一人で跋鬼を倒すと豪語はしても、熟練の武官が付いていてくれるのは心強いのだろう。

馬を走らせてしばらく経った頃、瓏蘭は思わず袂で鼻を覆った。陽光を吸った草の爽やかな香りに、鼻が曲がってしまいそうなほどの腐臭が混じったのだ。

「うっ……」

「……ひぎゃあぁぁぁぁ！」

「ばば…っ、…化け物ぉ…っ！」

ほんの少し前に意気揚々と出撃していった兵士たちが、馬を捨て、泣き喚きながら逃げてくる。どんな事情があれ、敵前逃亡は問答無用で死罪だと知っているはずなのに。

だが誰も…きっと雄徳さえ、彼らを咎められまい。逃走する彼らを追いかけてくるのは、腐り果てた肉体に皇国軍の鎧を着けた化け物……跋鬼と化した朋輩たちなのだから。

「あ…っ、あれは……？」

「——若様、お下がりを！　すぐ長城に引き返して下さい！」

武官は焦燥の滲んだ声を上げるが、雄徳が従うよりも、跋鬼と化した兵士が逃げてきた兵士に追い付く方が早かった。背後から覆いかぶさられ、無防備に晒された首筋に、跋鬼の黄ばんだ歯が食い込む。

「ぎゃ……っ、ああ、……ああ、……アア？」

首の肉を喰いちぎられながら絶叫する兵士の目が、どろどろと濁っていく。若くみずみずしかったはずの肌はみるみる変色し、腐汁をぼたぼたと垂らした。唇の肉が腐り落ちたせいでぽっかりと空いた口から、鋭い乱杭歯《らんぐいば》が覗く。

「ア、…アアア、アアアッ！」

おぞましいとしか言いようの無い変貌を遂げた兵士…いや、兵士だったモノは、光を失った目に雄徳を映すや、かん高く叫んだ。びくり、と瓏蘭は武官の腕の中で身をすくませる。赤ん坊の泣き声めいたそれは意味を成さない喚き声だったにもかかわらず、何故か『見付けた、お前だ』と聞こえたのだ。

「アアアアア、アアア！」

「ウアアアアア、アアッ！」

追いかけてきた跋鬼と、跋鬼に変化したばかりのモノたちがいっせいに呼応した。

禍々しい合唱に耳を塞ぐ間も無く、化け物どもは襲いかかってくる。主君と仰いだはずの雄徳に向かって。雄徳を取り囲むまだ人間のままの兵士たちには、目もくれずに。

「若様をお守りしろ！」

中年の武官が馬上から命じるが、兵士たちの動きは鈍かった。おどおどと視線を交わし、中には背を向けて逃げ出す者まで居る。

当然だろう。たった今、人間が跋鬼に襲われ、同じ跋鬼に変化させられてしまう光景を見せ付けられたばかりなのだ。武勲も出世も、命あっての物種である。

だが跋鬼どもは、人間の感情の機微など察してはくれない。まるで統制の取れていない兵士どもを押しのけ、突き飛ばし、雄徳に群がっていく。あたかも地獄の底でうごめく餓鬼が、投げ込まれたひとかけらの餌を奪い合うかのように。

「うわあああああっ、来るな、…来るなあああっ！」

雄徳は腰の剣を抜き、喚き散らしながらぶんぶんと振り回した。力任せの斬撃は群がる跋鬼どもの手を何本か斬り落とすことに成功するが、勢い良く跳び上がってきた跋鬼の胴を切断しきれず、食い込んで離れなくなってしまう。

「…剣を捨てなさい！　早く！」

瓏蘭を抱えたまま器用に片手で槍を振るい、跋鬼どもを必死に退けていた武官が、もどかしそうに叫んだ。雄徳に馬を並べて守ってやりたくても、次から次へと殺到する跋鬼どもがそれを許さないのだ。

「いっ、嫌だ！　これは父上が、私のために打たせて下さった宝剣で、皇太子の証とすると…あ、うわあ、あああああ！」

剣を握った手をすさまじい力で引っ張られ、雄徳の身体がぐらりと傾いた。四方八方からすかさず伸びてきた何本もの腐った腕が、雄徳を地面に引きずり落とす。

「若様！」

「――ぎゃあああああ……っ……」

断末魔の悲鳴は群がる跋鬼どもに覆いかぶさられ、消えていった。代わりに聞こえてきたのは、ばり、がぶ、ごきゅ、と骨肉を咀嚼し、血をすする世にも忌まわしい音だ。

「…こ…、…こんな…」

ともすればえずいてしまいそうになる口を、瓏蘭は震える手で覆った。…仲良く遊んだ記憶など無い異母弟だ。生前の母を悲しませた側室とその息子を瓏蘭はどうしても好きになれなかったし、向こうも瓏蘭がうとましくて仕方無かっただろう。

だが――決して、こんな惨たらしい死を願ったことは無いのに……！

「…こうなっては、致し方無い…」

かつては部下だっただろう跋鬼を槍で貫いた武官が、苦々しげな息を吐いた。くるりと馬首を巡らせた先は――長城だ。

「何を……」

「若様があなっては、皇都に戻ったとて陛下に殺される。ならば軍を抜けるまでだ。…路銀の当てもあることだしな」

にやりと浮かんだいやらしい笑みで、瓏蘭は悟った。この武官は死んだ雄徳を弔いもせず、部下たちも捨てて、国外に逃亡するつもりなのだと。そのために、瓏蘭をどこかで売り飛ばそうとしているのだと。

「アアアアーーーーーー！」

武官が馬を駆けさせようとするや、一匹の跋鬼が警笛めいた叫びを放った。雄徳にたかってその死肉を喰らっていた跋鬼たちが次々と起き上がり、武官と瓏蘭の乗った馬を素早く取り囲んでいく。

「く、くそっ！」

武官は構わず腐った肉の壁を蹴散らそうとしたが、馬の方が耐えられなかったらしい。元来、馬は臆病な生き物だ。未知の化け物に群れを成して襲われれば、調教された軍馬であっても恐怖に支配されてしまう。

「ヒィイインッ！」

高くいななき、棹立《さおだ》ちになった馬から、瓏蘭は武官ごと振り落とされた。地面に激突する寸前、貴族子弟のたしなみとして習い覚えていた体術の受け身を取り、どうにかことなきを得る。

「ぐ……っ！」

くらくらする頭を押さえながら起き上がり、瓏蘭はぞわりと総毛立った。

何匹もの跋鬼が武官に覆いかぶさり、その四肢に喰らい付いている。瓏蘭を抱えるため左手にしっかりと巻き付けていた手綱が、振り落とされた弾みで絡まったのだろう。馬にくくり付けられたような状態に陥り、逃げられなくなってしまったのだ。

だが、自業自得と片付けるには惨すぎる最期を、悼んでやる余裕など無い。跋鬼どものよどんだ瞳は、喜悦の光を爛々と輝かせ、瓏蘭たった一人に注がれているのだから。

「アーアーアーアーアアアアアアアアアーーーーー！」

「アーッ、アアアーッ！」

瓏蘭はおののきながらも直感した。跋鬼どもが次々に上げるそれは……歓声だ。迷子の子どもが親を見付けたかのように、あるいは憎い仇を長い放浪の果てにやっと見い出したかのように、奴らは喜んでいる。

……また、だ。

恐怖に染め上げられそうな心に、ふと疑問が芽生えた。

……雄徳にも、奴らは同じような反応を見せた。周りにはまだ人間の兵士たちがたくさん居たのに、無視して雄徳に襲いかかってきた……。

今もそうだ。散り散りになって逃げる兵士たちをいくらでも餌に出来るだろうに、跋鬼どもは見向きもしない。不揃いな歯をがちがちと噛み鳴らし、腐った身体をぶるぶる震わせ、瓏蘭だけを喰らってやろうと――自分たちと同じ側に引きずり込んでやろうと奮い立っている。

何故奴らは、瓏蘭と雄徳だけにこれほど執着する？　…瓏蘭と雄徳に共通するのは、何だ？

……父上の…、…皇族の血を引いていること……？

「アアアアーーー！」

閃きかけた答えを、甲高い悲鳴が断ち切った。びくんと立ちすくむ瓏蘭に、跋鬼どもは雪崩を打って押し寄せてくる。

ここで死ぬのか——諦めかけた瞬間、脳裏に過ったのは亡き母でも可愛がられた記憶の無い父でも、幽閉されている伯父や従弟でもなかった。

……凱焔……！

瓏蘭だけを映す灰青の双眸が、その奥に絶えず燃え盛る焔が、最期になるかもしれない思考を埋め尽くしていく。…もう一度だけでいいから、凱焔に会いたかった。会って、何もかもから守ってくれる力強い腕に抱き締められたかった。あの腕の中でなら、きっと何も思い残さず母のもとに逝ける。

ドッ、ドドッ、ドドドッ……。

彼方から響いてきた馬蹄《ばてい》の音が、瓏蘭の鼓動に重なった。ぱっと振り返り、瓏蘭は大粒の涙を溢れさせる。

だって……だって、青毛の馬に跨り、猛然と駆けてくるのは……。

「が…っ…、…凱焔…！」

「……、……瓏蘭様！」

馬を疾走させたまま手綱を放し、凱焔は馬上で大弓を番えた。放たれた矢は一陣の風と化し、瓏蘭を引き倒そうとしていた跋鬼の甲手《こて》ごと掌を貫く。

「ア、アアッ……」

痛みは無くても衝撃までは受け流せず、よろめいた跋鬼はそのまま地面に倒れた。四肢が腐っているせいで、身体の平衡感覚を保ちづらいのかもしれない。瓏蘭に肉薄しつつあった他の跋鬼どもも、文字通り矢継ぎ早に放たれる矢に四肢を貫かれ、倒れていく。

とどめを刺せたわけではない。だが人馬一体を極めた男には、わずかな時間さえ稼げればじゅうぶんだった。

瞬きの間に瓏蘭のもとへ駆け付けた凱焔は、ぶつかるすれすれまで馬体を寄せ、弓から剣に得物を替える。瓏蘭では持ち上げることすら出来ないだろう、刃渡り五尺以上はありそうな肉厚の長剣だ。

「……おおおっ！」

気合いと共に繰り出された一閃は、起き上がった跋鬼どもの首をまとめて斬り飛ばした。鋼の輝きが閃くたび、雄徳と武官がなすすべも無かった跋鬼どもは首と胴を断ち切られ、今度こそただの腐った肉塊となって草原に転がる。

主人の奮闘に、青毛の馬も負けてはいない。手綱の指示を受けずとも跋鬼どものうごめく隙間を踊るように縫い、時には接近する跋鬼を後ろ脚で蹴り飛ばし、主人に献身している。

……これが、犲一族の戦いなのか。

まるで、天から武神が舞い降りたかのような戦いぶりだった。今の凱焔を見て、卑しい山犬がとさげすむ者は居ないだろう。毒素に対する抵抗力など関係無い。この男だからこそ、跋鬼の群れ一つを誅滅出来たのだ。

「…、でも……」

あたりを見回し、瓏蘭は唇を噛んだ。今や雄徳の率いてきた軍勢はほとんどが跋鬼と化し、逃げ惑うわずかな生き残りたちがその仲間入りを果たすのは時間の問題だろう。どこかで戦っている仁祥たち犲一族の戦士がいずれ駆け付けてくれるかもしれないが、抵抗力を持つ彼らが加わったとて、とても倒しきれる数ではない。

……私のせいだ。

ぎりりと歯の食い込んだ唇から、紅い血が滲んだ。

……何故かはわからないが、跋鬼どもは雄徳と私に狙いを定めている。私のせいで、凱焔たちを危険に晒してしまう……！

瓏蘭さえ居なければ、凱焔たちは元兵士たちなど見捨て、長城の内側に引き上げることも可能なのだ。ところどころほころびていても、防壁があるのと無いのとでは、戦いやすさは天と地ほど違うだろう。最低限の人数だけ防衛に割き、交代で休むことだって出来る。

……私さえ、居なければ。

「あ……」

視界の端に主人を失った葦毛《あしげ》の馬が映った時、瓏蘭の肚《はら》は決まった。びくびくしながらうろつくその馬のもとへ、瓏蘭は大きく息を吸ってから駆け出す。

「瓏蘭様……⁉」

追いかけてくる凱焔の悲鳴を無視し、どうにか跋鬼どもに襲われずに馬のところまでたどり着くと、装着されたままの鐙《あぶみ》を使ってひらりと跨った。馬術は貴族の男子のたしなみだ。雄徳に文弱と詰られてきた瓏蘭でも、ただ走らせるだけならじゅうぶん出来る。

「……はっ！」

幸い、軍馬の調教を受けた馬は、瓏蘭のたどたどしい指示もきちんと理解してくれた。怯えつつも、青草に覆われた大地を蹴って走り出す。凱焔の正反対の方へ——瓏蘭の指示通りに。

「…瓏蘭様、……瓏蘭様あああっ！」

……すまない、凱焔。

こみ上げる嗚咽を呑み込み、瓏蘭はぐっと手綱を握った。久しぶりの馬は馬車とは比べ物にならないほど振動が強く、少しでも気を抜けば振り落とされてしまいそうだ。

……こうするしかないのだ。そなたを死なせないためには、こうするしか……！

何を――己の身を犠牲にしても構わない。あの焔の化身のような男だけは、生きていて欲しい。

「…は…、…ははっ…」

涙と共に、乾いた笑いが零れた。後から後から笑いが溢れてきて、止まらなかった。…これほどこっけいな話があるだろうか。

こんな時になってやっと気付くなんて。自分が凱焔を…瓏蘭のためなら簡単に命すら投げ出してしまう男を、どう思っていたのか。一日でも早く気付いていれば、伝えてやれたかもしれないのに。

…でも、もう遅い。もう瓏蘭の運命は決まってしまった。

「アアアアッ、アーッ！」

予想した通り、跋鬼どもは腐った四肢を獣のごとくうごめかせ、瓏蘭を追走してくる。仲間を倒しまくっている凱焔には、何の関心も示さずに。

……もうすぐ、私も雄徳と同じ末路をたどる。

今のところ馬の速度の方が勝っているが、馬にも体力の限界がある。馬が疲れて脚を止めた時、瓏蘭は地面に引き倒され、肉片一つ残らず貪り喰われることになるだろう。凱焔ならその間に仁祥たちと合流し、逃げおおせられるはずなのに――。

「瓏蘭様ああああああああああっ！」

「…え…っ……⁉」

大地を揺らさんばかりの大音声が、必死に手綱を掴む瓏蘭の全身を打った。恐る恐る振り返り、瓏蘭は雷に打たれたかのごとく硬直する。

「……な…、ぜ……」

何故、ここに居るのか。逃げなかったのか。瓏蘭の意志を汲み取ってくれなかったのか。

言葉にならない疑問を眼差し一つで読み取り、凱焔は灰青の双眸を猛々しく燃え上がらせる。ほんの一馬身ほど後方で、片手で手綱をさばきながら。

「…貴方の居ない世界に…、何の意味がある…っ…⁉」

「…、…凱焔っ…」

「俺は貴方のお傍に侍り、貴方を守るためだけに生まれてきた。貴方を失って…、おめおめと生きていられるものか…！」

……ああ……！

今度こそ堪えきれなかった嗚咽が、喉奥から溢れた。そうだ、凱焔はそういう男だ。わかっていた。だからこそ。……だからこそ！

「私だって…！」

しゃくり上げる間にも、凱焔の乗った青毛はみるみる距離を詰めてくる。跋鬼どもとあれだけの争いを繰り広げたのに、疲労の影は微塵も無い。

「どうしてわかってくれないのだ。…私だって、そなたを死なせたくない。そなたが…、…そなたが、愛しいから逃げたのに……！」

「――――！」

息を呑む音が、間近で聞こえた気がした。

いや、気がしたのではなく実際にそうだったのだと理解したのは、真横に馬を並べた凱焔が下半身だけで馬を操り、曲芸のように身を乗り出した時だ。腰に逞しい腕が回されるや、瓏蘭の身体は軽々と葦毛の馬上から引き離される。

「わ……ぁっ⁉」

つかの間の浮遊感の後、瓏蘭は熱い腕の中に収められていた。跋鬼どもを蹴散らしながら猛追してきただけでも人間業ではないが、疾走中の馬から人一人己の馬に乗り移らせるなんて、犲一族でも可能なのは凱焔くらいではないか。

「……本当、ですか」

人間離れした凄技に感じ入る暇も与えず、凱焔がずいと顔を近付けてきた。

「が、…凱焔？」

「今…、…仰ったことは、……本当ですか？　お、…俺を、愛しいと…」

嘘偽りは絶対に許さないと、灰青の双眸が語っている。

おずおずと頷いた瞬間、その奥に宿る焔がぶわりと燃え上がった。もはや誰にも消し止めることなど出来ない、すさまじい勢いで。

「……う、……うおおおおおおおおおっ！」

狂おしい咆哮は荒野の獣のようでありながら、歓喜に満ち満ちていた。

追ってきていた跋鬼どもが、腐った身体をびくりと怯んだように震わせる。命と理性を失っても、感情だけは残っているのか。

「逃げるなら…、俺と逃げて下さい」

「…っ…？」

二度と逃すものかとばかりに瓏蘭を背後から抱き締め、凱焰は耳元で囁いた。力強い鼓動が、瓏蘭の背中を打つ。

「決して不自由はさせません。貴方はただ、俺だけを侍らせて俺だけの声を聞いて俺だけと口をきいて俺だけとまぐわって下さればいい。俺と貴方の、二人だけの家で」

「そ…、それは…」

……いや、その生活のどこに自由があるんだ。邸に閉じ込められていた時よりも、むしろ不自由度は段違いに上がっているじゃないか！

大いに反論したい瓏蘭だが、ぎらぎらと輝く灰青の双眸が許してくれない。なおも追いかけてくる跋鬼どもより、凱焰一人の方が怖い。下手なことを口走れば、この場で取って喰われてしまいそうで。

「…瓏蘭様が、俺を…、愛しい…、…愛しい、愛しい、愛しいと…」

何度も嚙み締めるように呟き、凱焰は片手で手綱を引いた。

賢い馬は後ろ脚だけで器用に方向転換する。駆け出した先にあるのは――長城だ。

「アアアアアアッ――！」

見とがめた一匹の跋鬼が叫び、仲間を呼び寄せる。わらわらと群がってくる化け物どもを馬上から見下ろし、凱焰は瓏蘭の背をそっとさすった。

「…俺に、しっかり掴まっていて下さい」

応えを返すより早く、青毛の馬が躍動した。身体が浮かび上がる感覚に、瓏蘭は慌てて凱焔の引き締まった腰にしがみつく。

ドンッ……！

大人二人を乗せているとは思えない軽やかさで、青毛の馬は前脚に取り付こうとしていた跋鬼どもを跳び越える。

着地と同時に、凱焔は背中にくくり付けていた槍を構えた。そういえば、さっきまで使っていた長剣が見当たらない。瓏蘭を追いかけるため、どこかに捨ててきたのだろう。

「アア！　……アアアッ……」

「…ア、…アアッ…」

突きを得意とする槍では、首を落とさない限り斃《たお》れない化け物には不利——そんな考えを、瓏蘭は即座に捨てた。凱焔が馬上から振り下ろす槍の穂先は跋鬼の喉元を寸分の狂いも無く貫き、その衝撃でもって胴から撃ち落としてしまう。

「…消えろ…、…皆、…消えてしまえ…」

鋭い犬歯の覗く唇が紡ぐ呟きは呪詛めいて、跋鬼どもの断末魔よりなお禍々しい。その腕に守られた瓏蘭さえ、怖気を震わずにはいられないほどに。

「俺と瓏蘭様の駆け落ちを邪魔する者は…、皆、消えろ……！」

槍の穂先がきらめくたび跋鬼の首が飛び、開かれた血路を青毛の馬は疲れを知らない速さで駆け抜けていく。豆粒ほどの大きさだった長城が、ぐんぐん目前に迫ってくる。

……駆け、落ち？　…凱焔は、何を言っているのだ……？

舌を噛まぬよう口を閉じ、逞しい腰に必死にしがみ付きながら、瓏蘭は凱焔の言葉を呆然と反芻《はんすう》する。

知識としては、もちろん知っている。様々な事情で婚姻を許されない男女が、よその地へ逃げることだ。

だがそれは、瓏蘭にとってはせいぜい物語や劇の中の出来事である。皇族に生まれた瓏蘭はいつか然るべき家柄の姫を娶り、皇帝の血を繋いでいかなければならない。義務も果たさず愛しい男と逃げ出すなど、許されるはずがない。

…許されるはずがない、のに。

「…あ、……あぁ……」

全身から湧き上がるのは、歓喜だった。英雄と謳われた犲凱焔ともあろう男が、たかが瓏蘭一人のために何もかも捨てて逃げようだなんて――。

……凱焔。……私の、凱焔。

他の何者からも遠ざけ、自分一人のものにしてしまいたい衝動。生まれて初めて味わうそれが独占欲と呼ばれるものだとも知らぬまま、瓏蘭はしがみ付く腕に力を込める。やたらと瓏蘭を閉じ込めたがる凱焔の気持ちが、ほんの少しだけ理解出来た。あとどれくらい生きられるかわからないけれど、これほど愛おしく思えるのは後にも先にも凱焔一人だけだ。

そのまま何事も無ければ、瓏蘭もまた何もかも捨て、凱焔と共に外つ国に逃げ出してしまったかもしれない。

「っ…、あれは…？」

だが長城が瓏蘭の目でもつぶさに見えるほど近付いた時、瓏蘭は気付いてしまった。材質も定かでない白い壁を穿つ虫食いのような穴——馬車から下ろされたばかりの時はあちこちに空いていたはずの穴が、明らかに少なくなっていることに。

軍勢が通り抜けるのに使われた一番大きな穴も、かろうじて騎馬がくぐれるだけの大きさを保ってはいたが、目に見えて縮んでいた。しかも瓏蘭がじっと観察する間にも、少しずつ確実に縮小を続けている。まるで、傷付いた肌が驚異的な速さで癒えていくかのように。無くなった穴も、同じようにして消えたのだろう。

「……待て、凱焰！」

異様な変化に気付いただろうに、さっさとほころびを通り抜けようとする男の胸元を、瓏蘭はぐいと引っ張った。もう、跋鬼の群れはとっくに振り切っている。最初は聞こえないふりを貫こうとした凱焰も、何度も呼びかけられ、とうとう馬を並足に落とした。この速さなら、瓏蘭も舌を噛まずに喋ることが出来る。

「そなたも気付いただろう。長城の壁が、修復されている。…いや、勝手に治癒していく」

「……はあ、確かに」

「何だ、その気の抜けた返事は…」

生き物でもない無機物の壁が自ら穴を塞いでいくなど、尋常の事態ではない。驚嘆して然るべきなのに、凱焰は興味のかけらも示さない。早く馬を再び駆けさせたいとばかりに、手綱を握る手をぶるぶると震わせている。

「…一緒に逃げて下さると、仰ったではありませんか」

「は…っ…？」

「俺が愛しいと、だから一緒に逃げて下さると。…邪魔が入らないうちに、早く皇国内を抜けてしまわなければ…」

言ってない。そんなことは一度も言ってない。確かに愛しいと告白はしたし、凱焔を生き延びさせるために逃げもしたが、だからといって何故愛しいから逃げるということになるのか。

……この男、ひたすら自分の都合のいいように記憶を改ざんしている……。

戦慄と共に、瓏蘭は悟った。こちらも多少強引な手に出なければ、凱焔のやりたい放題にやられ、気が付いたら異国の邸に囲われてしまっていると。従順な犬のふりをして、本性はどこまでも獣である。そこが愛おしいところでもあるのだけれど…。

「…今すぐ、私を宮城に…伯父上のもとに、連れて行ってくれ」

ずきずき痛む頭を堪え、瓏蘭は願い出た。蒼龍から宝珠を授かり、長きにわたり長城を管理してきた皇帝――龍永なら、この不可思議な現象について必ず知っているはずだ。皇族の端くれとして、真実を突き止めなければならない。たとえ、実の父と対立することになっても。

反論される前に凱焔の首に腕を回し、瓏蘭は自分でも内心気持ち悪くなるほど甘い声で囁く。

「私の願いを叶えてくれたら……後で、そなたの望むことは何でもしてやろう」

「――はっ！　お任せ下さい！」

一瞬で有能な将軍の顔を取り戻した凱焔が、馬の腹を蹴った。

改めて、瓏蘭は凱焔のずば抜けた能力を思い知ることになった。行きは丸一日近くかかった道のりが、途中何度か休憩を挟んだにもかかわらず、帰りは半日もかからなかったのだ。

その休憩も体力の無い瓏蘭のためのもので、凱焔は常に追手の警戒を怠らなかったし、青毛の馬も水をもらっただけなのに疲れた様子も無い。凱焔の話では、普段の遠征では三日三晩飲まず食わずでの行軍も珍しくないそうで、この程度なら何ということもないという。…犲一族に生まれても、瓏蘭は決して戦士にはなれないだろう。

重徳が玉座の主となった今、皇都も父の支配下にあると判断すべきだろう。宮城への侵入は、たとえ皇国一の武人たる凱焔を伴っていても困難を極める。城下の宿で見苦しくない程度に身なりを整え、馬を預けてから、ひとまずは偵察のつもりで宮城へ向かったのだが——。

「……これは、どういうことだ？」

物陰から遠巻きに正門をうかがい、瓏蘭は首を傾げた。

宮城の玄関口である九頭の龍が彫り込まれた正門前には、負傷した数十人の兵士たちが両の手足に枷を嵌められ、太い縄で数珠繋ぎにされていた。幼い子どもでも一目で罪人と知れる彼らの中に覚えのある顔を見付け、瓏蘭はあっと声を上げる。

「あの者は…確か、父上の兵の一人だ。槍の上手だとかで、父上に可愛がられていた」

「…確かですか？」

「ああ。邸で何度か挨拶を受けたことがあるから、間違い無い」

ということは、彼らは姫家の…重徳の私兵たちなのか。てっきり重徳に歯向かい、捕らえられた宮城の兵士たちだと思っていたのだが。

「――行ってみましょう、瓏蘭様」

「…凱焔？」

思わぬ提案に、瓏蘭は眉を顰めた。

繋がれた姫家の兵士には監視役の兵士たちが張り付き、警戒の目を光らせている。皇国軍の鎧をまとってはいるが、彼らが龍永に忠誠を誓った兵士とは限らないのだ。囚われの兵士たちは単に重徳の不興を買い、見せしめにされただけかもしれない。

「大丈夫です。あの者たちに、嫌なものは感じません」

「…だが…」

「万が一襲ってきても、あのくらいなら蹴散らせます。…貴方の犬を信じて下さい、瓏蘭様」

凱焔は瓏蘭の手を取り、そっと唇を押し当てた。その熱さに押し切られるように頷き、物陰から出てすぐ、瓏蘭は凱焔の直感の正しさを思い知る。

「…もしや、犲左監でいらっしゃいますか？　それに…、姫家の公子殿下まで⁉」

二人を見付けた長身の武官が、喜色を満面に浮かべたのだ。わらわらと集まってきた配下の兵士たちも、英雄となった将軍と皇族の公子に敬礼する。

重徳の手先ならありえない反応に、瓏蘭は凱焔の背後で胸を撫で下ろしながら尋ねた。

「いかにもその通りだが…貴殿は？　この者たちは、一体どうしたのだ？」

「しばしお待ちを、殿下。すぐにお呼びしますゆえ。…そこの者、お連れせよ！」

武官の命を受けた若い兵士がばっと門の中に走り、すぐさま戻って来る。伴われてきた初老の男性に、瓏蘭は目を瞠った。

「…貴方は…、陛下の…」

「お久しゅうございます、殿下。お待ち申し上げておりましたぞ」

優雅に一礼するのは、龍永に仕える侍郎だった。一緒に龍玉殿に召された時も同席していたから、凱焔も顔は覚えているだろう。綺麗に整えられていた白い髭は乱れ、血色も良くないが、見たところ大きな怪我は無いようだ。

「…待っていた？　私がここに来ると、わかっておられたのか？」

「はい。犲左監と公子殿下は必ずや宮城に戻って来られるゆえ、おいでになったらすぐお連れするようにと陛下から申し付けられ、こうしてお待ち申し上げていた次第でございます」

陛下とは重徳と龍永、どちらを指すのか。一瞬、鋭くなった瓏蘭と凱焔の視線を、侍郎は柳のごとく受け流した。

「私がお仕えするのは畏れ多くも龍永陛下、ただお一人にございまする」

「…ということは、伯父上はご無事なのだな？　皇太子殿下も…」

「はい。蒼龍殿にて、殿下をお待ちでいらっしゃいます。…お聞きになりたいことは、全て陛下が説明して下さるかと」

深々と腰を折られ、瓏蘭は喉元まで出かかっていた質問を呑み込んだ。

宮城は父の謀反によって制圧され、龍永と龍晶はどこかに幽閉されたのではなかったのか。玉座に即いたはずの重徳は、今どこで何をしているのか。疑問は山ほど胸に渦巻いているが、今は伯父と再会を果たすのが先だ。

侍郎の案内で凱焔と共に乗り込んだ蒼龍殿は、一見、かつてと変わらぬ穏やかさを保っているが、どす黒い染みの残る床や無惨に踏み荒らされた庭園に争いの爪痕がくっきりと刻まれていた。重徳の軍勢は確かに、皇帝と皇太子が住まうここに攻め入ったのだ。

……陛下をお支えすべき皇族が、宮城で血を流すなんて……。

口惜しさに震える瓏蘭の手を、大きな掌がそっと包み込む。大丈夫だ、と横を歩く男に微笑み、瓏蘭は節ばった指に己のそれを絡めた。焔にも似た体温が、乱れかけた心を不思議なくらい落ち着かせてくれる。誰かが…愛する男が隣に居るだけで、こんなにも心強いなんて――。

「姫家の公子殿下と犲左監をお連れいたしました」

先導する侍郎が立ち止まったのは、龍永の私室の前だった。ややあって、室内に控えていた侍従が扉を開き、見張りを兼ねて回廊に残った侍郎の代わりに奥の間へ瓏蘭たちを導く。瓏蘭は重徳の嫡子、いわば謀反人の息子のはずだが、警戒する様子は全く無い。

紫絹の帳をくぐり、奥の間に踏み入ったとたん、かすかな異臭が鼻を突いた。どこかで嗅いだ覚えのあるその臭いの正体は、即座に判明する。

「……う、…っ…」

ぐらりとくずおれそうになった瓏蘭を、凱焔がすかさず支えてくれた。そのまま抱え込もうとする腕を拒み、瓏蘭は気丈に見詰める。豪華な絹張りの椅子に座ったソレ……からからに干からびた木乃伊《ミイラ》を。

五色の珠飾りをすだれのように垂らした冠をかぶり、紫色の袍をまとったその木乃伊が誰か…否、誰であったたか、瓏蘭はすぐに悟った。どれほど無惨に変わり果てていようとも、優しくされた思い出一つ無くとも、父親がわからない息子など居ない。

「……父、上……」

かすれた呼び声に、応えは返らない。ただあの異臭が漂うだけだ。

木乃伊はどんな病にも利く貴重な薬種として、裏社会では高価で取引される。瓏蘭は木乃伊に薬効など無いと思っているが、出入りの薬商が密かに持ち込んだことがあった。生命を失ったモノ独特の乾いた臭い…あの時と同じ臭いを、目の前のソレは放っている。

「……瓏蘭。無事であったか」

奥の寝台で、寝間着姿の伯父が身を起こした。はっと駆け寄ろうとする瓏蘭を制し、侍従の手を借りて立ち上がると、椅子の前までゆっくりと歩いてくる。

「…伯父上…、……申し訳ございませぬ！」

伯父が口を開くのを待たず、瓏蘭はがばりと頭を下げた。凱焔に腰をしっかり抱えられていなければ、迷わずひざまずき、床に額を擦り付けていただろう。皇国において、謀反は一族残らず連座させられる重罪だ。この場で死を賜っても文句は言えない。

「顔を上げよ、瓏蘭。余は、そなたを咎めるつもりなど無い」

「されど、陛下…」

「詫びねばならぬのは、むしろ余の方じゃ。…死ぬべきは余であったのに、そなたの父を代わりに死なせてしまったのだから」

「…代わ、り…？」

いぶかしみながら身を起こせば、伯父は悲痛な表情を滲ませていた。侍従が運んできた椅子に腰を下ろし、深い溜息を吐く。

「瓏蘭よ。そなたは雄徳と共に、草原に赴いたのだったな。……雄徳は如何なった?」

「は、…それは…」

「他の兵士たちには目もくれずに襲ってきた跋鬼どもによって、骨も残らず喰い尽くされてしまったのではないか? そなたは犲左監に守られ、事なきを得たのであろうが…」

答える前に言い当てられ、瓏蘭は思わず凱焔と顔を見合わせた。背中に密着した胸板の逞しさを頼もしく思いながら、こくりと頷く。

「おっしゃる通りです。…しかし、何故陛下はそのことをご存じなのですか?」

「簡単なことよ。跋鬼どもは――いや、跋鬼となった者たちは、我ら皇族を恨んでいると知っておるからじゃ」

龍永の目配せを受け、介添えをしていた侍従は足音もたてずに退出する。

瓏蘭と凱焔、龍永の三人だけになった奥の間に、重苦しい空気が満ちた。伯父がこれから語ろうとしている真実の重さ、そして木乃伊に成り果てた父の存在が、両肩にずしりとのしかかってくる。一人では耐えられなかったかもしれない。

「…跋鬼となった者たちと、仰いましたか?」

低い声で問うたのは凱焔だった。きっと瓏蘭がかつて説明したことを思い出したのだ。跋鬼は元から化け物だったのではなく、痘や麻疹のように、元となる毒素を体内に取り込むことで病に罹った人間だったのではないか――。

「うむ。……そもそも、彼らは我らと同じ皇国の民であったのじゃ」

果たして龍永は頷き、遠くに眼差しを投げた。淡々と語り始めたのは、皇族でも皇帝と成年に達した皇太子にのみ口伝で伝えられてきたという真実だ。

――三百年ほど前。当時まだ王国と呼ばれていた皇国のとある農村で、原因不明の疫病が発生した。全身の肉が腐れ落ち、理性を失い、手あたり次第に周囲の人々に襲いかかる。そして襲われた者もまた、直後に同じ症状を発症する。それこそが今世、跋鬼と呼ばれるモノたちの始まりであった。

瞬く間に広まっていく疫病を何とか食い止めようと、当時の医師たちは懸命の努力を重ねた。だが有効な治療法はいっこうに発見されず、跋鬼は増加の一途をたどるばかりだったという。

この恐ろしい病を利用出来るのではないかと考えたのが、当時の王――瓏蘭の遠い祖先に当たる男だった。こともあろうに、その頃王国に何度も侵略を仕掛けていた北方の騎馬民族…凱焔の祖先でもある彼らの軍勢に、国じゅうから集めた跋鬼の群れを放ったのだ。

王の目論見通り、精強無比を誇る騎馬民族も不死の化け物には敵わず、すごすごと撤退していった。味を占めた王はその後も異民族の侵略を受けるたび跋鬼を放ったが、撃退すべき侵略者が一通り居なくなってしまうと、今度は跋鬼の始末に困り果てた。

いかに元は王国の民であったとはいえ、生きた人間の血肉を求める彼らを国内に迎え入れてやるわけにはいかない。かといって、元の数倍の数に膨れ上がった跋鬼の群れを残らず討伐するだけの武力も、王国には無かった。

父王の苦悩と、跋鬼を恐れる民を見兼ねた王の娘は、天空の神々に祈った。我が身、我が命と引き換えに、無辜《むこ》の人々を救いたまえと。

優れた巫女でもあった王の娘の祈りに応え、降臨したのが蒼龍だった。蒼龍は長城を築き、跋鬼どもを騎馬民族ごと北方の草原に追放すると、契約の証として王に宝珠を授けたのだという。

「……以来、宝珠に霊力を注ぎ、長城を保つのが皇帝の第一の責務となったのじゃ」

語り終えた龍永の視線は、変わり果てた弟……その右手に向けられた。つられて見れば、強く握り込んだまま干からびた掌の内側に、丸く透明な宝玉が収まっている。

「…まさか…、それが宝珠なのですか…？」

王権の象徴でもある宝珠を目にすることが許されるのは皇帝と皇太子のみだから、瓏蘭も見たことは無い。水晶のように澄んでいるのに、どことなく禍々しい空気を感じるのは、自分だけではないようだ。幾多の戦場を己の才覚一つで生き抜いてきた凱焔もまた、瓏蘭を抱く腕に力を込める。

「左様。それこそが先帝…父より受け継ぎ、我が子龍晶に受け継がせるべき宝珠じゃ。蒼龍殿に押し入ってきた重徳は余を捕らえるや、真っ先に宝珠を奪って所持し…ゆえに、そのような姿に成り果てた」

「…蒼龍から…神から賜りし宝が、父上を…？」

にわかには信じられない…信じたくない話だった。蒼龍といえば皇国の救い主として、数多おわす天空の神々の中でも最も民の敬愛と信仰を集めているというのに。

龍永は渇いた唇をふっと歪めた。

「瓏蘭よ。長城は蒼龍の慈悲でも恩寵でもない。……罰なのじゃ」

「ば、…罰？」

「人間であっても、首を落とすか燃やし尽くすかすれば跋鬼を倒せるのじゃ。そこの犲左監のようにな。神ならば奴らをまとめて滅ぼすことくらい、造作も無かったであろう。にもかかわらず蒼龍は長城を築き、跋鬼どもを閉じ込めるという手段を用いた。…それは王国に…いや、王に己の罪を忘れさせないためだったと、余は思うておる」

王は跋鬼を利用して侵略の脅威を退け、大いに益を得た。だが跋鬼と成り果てた人々はろくな治療も施されぬまま戦わされ、最後には自国の王に邪魔者扱いをされた。そして跋鬼に怯える人々を命と引き換えに救ったのは、うら若い王の娘だった。

「最大の罪を犯し、最大の益を得た者が、何も償っていない。蒼龍はそう憤られたのだろう。ゆえに、王とその後継者のみが宝珠に霊力を注ぎ続けるよう命じられたのじゃ。長城を維持するためにな」

「……あ…っ…！」

瓏蘭の頭の中に、あちこち穴の空いた長城がぱっと思い浮かんだ。あの不可思議な白い壁が蒼龍の創りしものであり、代々の皇帝の霊力によって維持されてきたのだとしたら…。

「…そう。長城がほころび始めたのは年月のせいではない。生まれつき病弱であった余が、満足な霊力を注げなかったせいじゃ」

「陛下……」

「宝珠に霊力を注ぐには、激しい苦痛と体力の消耗を伴うゆえな。余は健康に恵まれた重徳こそ帝位に即くべきではないかと思うておったが、亡き先帝…そなたの祖父は決してお認めにならなかった」

それは当然だろう。いくら霊力を注ぐことが最大の責務といっても、皇帝には国の父としてなすべき務めが山ほどある。あの重徳が帝位に即けば、長城の維持に問題は無くとも、皇国は大いに乱れたに違いない。

「…父上はそのことを知らぬまま謀反を起こし、宝珠を奪ったのですね」

「そうじゃ。…そして枯渇しきっていた宝珠は、生気に満ち溢れた重徳から霊力を残らず吸い尽くし…それだけでは足りず、生命力まで奪い取った。その後余は腹心の近衛武官によって、龍晶共々幽閉先から助け出されたのじゃ」

――そこから先は、もはや聞くまでもない。

数では姫家の私兵に圧倒的に勝る宮城の兵士たちが重徳に従ったのは、重徳が仮にも宝珠を所持し、龍永と龍晶を人質に取っていたからだ。二人を奪還し、重徳も死んだのであれば、何も恐れることは無い。重徳が率いてきた軍勢を一掃し、宮城を取り戻したのだ。正門前に晒されていた兵士たちは見せしめと同時に、宮城が重徳の支配から解放されたと、瓏蘭たちに知らせるためでもあったのだろう。

瓏蘭は凱焔の腕を解き、父の亡骸のかたわらに立った。物心ついて以来、こんなに父に近付いたのは初めてかもしれない。…傍に寄るなと、詰られなかったことも。

「…あ…あ、…ああっ…」

堪えきれなくなった嗚咽が溢れた。…父は、どこまで愚かな人だったのだろう。代々の皇帝が負わされた責務も知らず、自分こそが帝位に相応しいと思い込んで増長した挙句、自らの身を滅ぼしてしまった。

出仕した凱焔に長城へ出陣するよう命じたのは重徳だから、それまでは生きていたのだろう。だが、龍永から奪い取った宝珠にじわじわと力を吸い取られていることは、何も知らずともわかったはずだ。このまま宝珠を所持し続ければ、取り返しのつかない事態に陥ることも。

にもかかわらず、重徳は宝珠を手放さなかった。干からびて死ぬ寸前まで、皇帝の座にしがみ付いたのだ。瓏蘭の目の前で長城のほころびがひとりでに修復されていった、あの時こそ、重徳の最期の瞬間だったのだろう。

……何て、罪深いのだろう。跋鬼を利用したかつての王も、父上も、……私も。

跋鬼どもが雄徳と瓏蘭だけに襲いかかってくるわけだ。彼らの中にはきっと、三百年前、王に利用されるだけ利用され、ろくな治療もされず長城の向こうに封じられた記憶が未だ刻み込まれているに違いない。瓏蘭にも雄徳にも、あの愚か極まりない王の血が流れている。

かつての王もまた、重徳同様、最期まで己の過ちを認めなかった。だからこそ跋鬼の伝承がひたすら皇帝に都合のいいように粉飾され、今日まで伝わってきたのだ。

それでも、王や歴代の皇帝はまだいい。宝珠に霊力を注ぎ、苦痛を味わい続けて死んだのだろうから。龍永は病身に鞭打って政に励んできたし、重徳すら、本人の意図したところではなかったとはいえ、長城のほころびを修復して死んだ。最期の最期で、数多の人々に貢献したのだ。

……だが、この私は？

高い帝位継承権を持つ皇族でありながら、瓏蘭だけが何も出来ていない。元服も許されず、官職にも就かず、ただ医師の真似事だけをして自尊心を満たしていた。何と無知で、愚かだったことか。せめて瓏蘭がもっと強く諫め、親子関係を保っていれば、重徳の謀反は防げたかもしれないのに。……こんな死に方を、させずに済んだかもしれないのに。

……こんな……、こんな私なんて……。

「――愛しています、瓏蘭様」

絶望の暗い淵に沈みかけた瓏蘭を、低く真摯な声がすくい上げた。かたわらにひざまずいた凱焔が、瓏蘭の震える手を取り、そっと口付ける。

「……っ…、凱焔……」

「貴方が誰の血を引いていようと関係ありません。…六年前のあの日、出逢ったのが貴方だったからこそ、俺は一生お傍に置いて頂きたいと思ったのです」

「…だが…、だが私は、…私の祖先は…」

瓏蘭の遠い祖先であるかの王が放った跋鬼どもによって、凱焔の祖先は大きな犠牲を払い、更に跋鬼のうごめく草原に追いやられたのだ。いわば瓏蘭は凱焔にとって、祖先の仇敵とも呼べる存在ではないか。

「祖先と仰るなら、先に侵略を仕掛けたのは俺の祖先の方です。かつての王国も、相応の被害を受けたでしょう。俺もまた、瓏蘭様の祖先の仇敵ということになりますが…瓏蘭様は俺を憎く思われますか？」

「そんな…、…そんなこと、思うわけがない…！」

ひたむきに見詰められ、こみ上げるのはいじらしさと愛おしさだけだ。今すぐその腕に抱きすくめられ、何もかも忘れさせて欲しいと願いこそすれ、憎くなど思えるはずがない。

「……俺も、同じです」

灰青の双眸が、蜂蜜のように甘く蕩けた。

「もし瓏蘭様がどうしても耐えられない、皇国には身の置きどころが無いと仰るのなら、どこへなりとお連れします。誰も俺たちを知らないところへ」

「…凱焔…」

「ああ、でももちろん美しい瓏蘭様は欲深い男どもに狙われてしまいますから、誰の目にも触れないよう隠して差し上げなければなりませんね。お任せ下さい。いつ瓏蘭様をお連れしてもいいように、皇国外にも色々と拠点が…」

「……おい、凱焔？」

急に風向きが怪しくなってきて、瓏蘭は思わず疑わしげに目を細めた。ほんの少し前までは甘くときめいていた胸に、警戒心が芽生える。

……そうだ。凱焔はそういう男だった……。

考えてみれば、あの跋鬼のうごめく草原から、嬉々として瓏蘭と駆け落ちしようとしたばかりなのだ。今だって、瓏蘭が頷きさえすれば即座に逃避行を再開するだろう。凱焔の頭の中には、いつだって瓏蘭を独り占めすることしか無い。…三百年前の恨みつらみなど、存在する余地すら無いのだ。

「――それは困るな。犲左監も瓏蘭も、我が皇国にはまだまだ必要な存在ゆえ」

呆れの滲んだ声に、瓏蘭は跳び上がりそうになった。すっかり忘れていたが、ここは伯父の…皇帝の私室なのだ。一部始終を伯父に見られていたのだと今さら気付き、頬がかあっと真っ赤に染まっていく。

「も…、申し訳ございません……！」

「良い。…余はそなたの伯父でありながら、満足に守ってやれなかった。そなたを第一に考え、守る存在が出来たことを嬉しく思う」

鷹揚に微笑み、龍永は凱焔に眼差しを移した。皇帝と私的な場で対面するなど、普通の武官なら緊張のあまり卒倒しかねない状況だが、凱焔はまるで動じずに居住まいを正す。

「犲左監よ。そなたに我が甥、姫瓏蘭の冠親となることを命ずる」

「……伯父上っ⁉」

身内だけの時以外は封印している呼び名が、思わず口を突いた。

冠親を命じるということは、すなわちこれから先、一生瓏蘭の後見を命じるということだ。ある意味、実の親子よりも強い絆で結ばれるのである。皇族の後見に一将軍が…それも犲一族の長が付くなど、名門貴族たちの猛烈な反発は避けられない。

もちろん、瓏蘭としては、凱焔と公的な繋がりも出来るのは嬉しいことだ。しかし皇帝が甥の思い人に後見を命じるのでは、甥可愛さのあまり情に絆されたと非難されてしまうのでは…。

「言うておくが、瓏蘭よ。これは決して、そなたのためではないぞ」

瓏蘭の懸念を、老獪な皇帝は柔らかく否定する。

「この男はそなたのためなら何でもする。それこそ、余の寝首とて簡単に掻いてみせよう。…そうであろう？」

「それが、瓏蘭様のお望みであれば」

笑顔で問う龍永も龍永だが、あっさり肯定する凱焔も凱焔だ。驚きのあまり声が出ないのは、瓏蘭だけである。

「されどこの男は…犲左監とその一族は、今や皇国にとって欠かせぬ者たちじゃ。長城が修復されたとはいえ、跋鬼は未だ滅びてはおらぬゆえな。…叶うものなら余は、龍晶の代にまで、蒼龍の罰を受け継がせたくない」

小さく付け足された呟きこそ、龍永の紛うかた無き本音だろう。

重徳の生命力まで根こそぎ奪い取ったおかげで、宝珠は満たされた。だが龍晶の御代になれば、再び枯渇するかもしれない。その時、跋鬼が残らず一掃されていたら、龍晶が病身を押して霊力を注ぐ必要はなくなる。

「瓏蘭。…そなたは犲左監を皇国に縛り付ける、鎖となるのじゃ」

「…私が、鎖…」

「そのために犲左監をそなたの冠親に命ずるのじゃ。誰であろうと否やは唱えさせぬ。…ああ、縛り付けたいのはそなたもじゃぞ。そなたのことじゃ、何故犲左監たちだけが跋鬼に嚙まれても無事で済んだのか、おおよそ見当が付いているのではないか？」

「は、……はい！　仰る通りです」

勢い良く首肯しながら、瓏蘭は胸を弾ませた。龍永は皇国に馴染みの無い知識だからと、頭ごなしに瓏蘭の推測を否定するほど狭量な君主ではない。一考の価値があると判断すれば、凱焔たちの体液を皇国の兵士に接種させる実験も許可してくれるだろう。

兵士たちに凱焔と同じ抵抗力が備われば、これ以上跋鬼を増やさず、草原の跋鬼を殲滅していける。そしていつか、草原は三百年ぶりの平穏を取り戻すに違いない。

きっとそれが、かつての王の末裔として――父の息子として、瓏蘭に出来る唯一にして最大の罪滅ぼしだ。

「聞いての通りじゃ、犲左監よ。…そなたの忠誠が誰に向けられていようと、余は構わぬ。そなたの愛する者が愛する国を、守って欲しい」

「はっ。――我が命の、続く限り」

凱焔が神妙に頭を垂れた瞬間、ぱきんと乾いた音が響いた。見れば、重徳の右手の指が骨ごと崩れ、しっかり握り込んでいた宝珠がころりと転がり出る。

床に落ちたそれを、龍永はそっと拾い上げた。

「…………愚か者めが」

哀愁の滲んだ呟きは、ただ一人の弟への手向けだったのかもしれない。

――かくして宝珠は正統なる所有者の手に戻り、皇国に平穏がもたらされた。


その後、龍永と共に助け出されていた龍晶とも再会を果たし、互いの無事を喜び合ってから、瓏蘭は宮城を辞した。普段は数日に一度訪れていた宮城だが、これからはもっとひんぱんに通うことになるだろう。

別れ際、今後について龍永から聞かされたのだ。重徳と雄徳の謀反に関しては緘口令《かんこうれい》を布き、表向き、二人は病死とすると。宮城の制圧はあくまで重徳の取り巻きの貴族たちが暴走した結果であり、重徳はただ担ぎ上げられただけに過ぎないと発表するそうだ。皇后として後宮に入り、女主人面をしていた艶梅は、戒律が厳しいことで有名な尼寺に一生押し込められるという。

もちろん、重徳たちの名誉のためではない。皇太子龍晶が元服した後、宰相として支えることになる瓏蘭の立場を守るためだ。元服を済ませ、姫家の家督を正式に受け継いだ後は、龍永の傍で政を学ぶ予定である。

びしばし鍛えてやろう、と快活に笑う龍永は、今までで一番血色が良かった。蒼龍の罰を己の代で終わらせる目途がつき、霊力を注ぐ務めから解放されたからだろう。これまでの不調も宝珠のせいだったとしたら、今後は健康を取り戻し、皇帝となった龍晶の後見も可能かもしれない。

一時は死すら覚悟したのに、全てがうまく回りつつある。まるで、聖なる焔が皇国に降り積もっていたよどみを焼き尽くしてくれたかのように。

その焔を、もたらしたのは……。


いっぺんに家族を失った瓏蘭は、当然のように凱焔の邸に連れ込まれた。

龍永が宮城に帰還してすぐ皇国軍を派遣してくれたそうで、残っていた雄徳の兵士たちはすでに捕らわれ、召使いたちが後片付けに奔走しているところだった。その中には雄徳の兵士たちに痛め付けられた黒焔の姿もあり、凱焔に伴われた瓏蘭を見付けるや、歓喜の咆哮を上げながら飛び付いてきた。

密かに案じ続けていた瓏蘭が安堵の涙を滲ませたのは、いうまでもない。

雄徳の兵士たちは略奪の限りを尽くしたらしく、高値で売れそうな調度や装飾品などは根こそぎ無くなっていたが、さすがに寝台は無事だった。寝室に連れて行かれ、何度も肌を重ねた寝台に瓏蘭を押し倒すや、凱焔はもはや我慢ならないとばかりにのしかかってくる。瓏蘭の単衣と下帯を引きちぎり、露わになった裸身に灰青の双眸を燃え上がらせて。

「…がっ、凱焔…、待って…」

瓏蘭は凱焔の乱れた黒髪を必死に引っ張るが、剝き出しになった性器に喰い付いた男はただ小さく首を振るだけだ。一刻も早く瓏蘭を味わわなければ、渇いて死んでしまう。じゅぽじゅぽと肉茎をしゃぶり、早く蜜を出してとねだる唇が、声にならない悲鳴を上げている。

……丸二日近く、不眠不休で動きっぱなしだっただろうに……。

しかもただ歩き回っていたのではなく、跋鬼どもと戦っていたのだ。行きは馬車で移動し、帰りは凱焔の馬に同乗させてもらい、途中で仮眠を取っていた瓏蘭ですらくたくたなのに、まぐわう気力があるなんて――。

「…あ…っ、お願いだから…、凱焔…、少しだけでいい。私の話を…、聞いて…っ…」

無尽蔵の精力に恐れおののきながら、瓏蘭は懸命に訴えた。主の本気が伝わったのだろう。ややあって、凱焔は名残惜しそうに起き上がる。

「……瓏蘭様？」

思わず腰が疼いてしまったのは、髪をかき上げながら濡れた唇を舐め上げる凱焔が、ひどくなまめいて見えたせいだ。唾液に濡らされた肉茎がどくんと脈打つのを感じ、瓏蘭は慌てて凱焔から離れ、近くにあった単衣を羽織る。あちこち破られてしまったけれど、火照った身体と股間を凱焔の目から隠す役割くらいは果たしてくれる。

乱れた鼓動と息を整え、瓏蘭は口を開いた。まっすぐに凱焔を見詰めて。

「…その…、…凱焔。……ありがとう」

「ろっ…、瓏蘭様、何を…」

「ずっと、そなたに礼を言いたかったのだ。…本当に、ありがとう。私を覚えていてくれて…愛してくれて、助けてくれて…」

灰青の双眸を見開いたまま呆然とする凱焔の手を取り、そっと頬を押し当てる。硬くごつごつとした感触が、心の底から愛おしかった。この手が……この温もりが瓏蘭を守り、悲嘆の沼からすくい上げてくれたのだ。

「そなたが居てくれなかったら、私はきっと死んでいた。…命が無事であったとしても、生きながらにして死んでいるような人生を送っただろう」

「…ろ…う、らん、さま…」

「改めて、言わせてくれ。……そなたを愛している。心の底から」

「…、……っ、……ぅぅっ……！」

瓏蘭より一回りは大きな巨軀を震わせ、凱焔はしゃくり上げる。灰青の双眸からぽたぽたと随喜《ずいき》の涙を零す男はまるでいたいけな幼子のようで、愛おしくてたまらなくなる。

「…いい子だな、凱焔」

ついさっき犯されかけたのも忘れ、瓏蘭は凱焔ににじり寄ると、項垂れてしまった頭を抱え込んだ。びくんとしつつも瓏蘭の腰にしがみ付き、ぐりぐりと胸に顔を押し付けてくる仕草は、犬の黒焔にそっくりだ。

「…瓏蘭様…、…お…っ、…俺を、…捨てないで下さい…っ」

「……いきなり、どうした？」

「瓏蘭様は…、こんなにも、純粋でお優しいのに…。…俺は…、俺はっ、どこまでも汚くて、醜くいから…」

泣きじゃくる凱焔をどうにか宥めすかしながら聞き出してみれば、どうやら凱焔には、今の瓏蘭が比喩でも何でもなく空から舞い降りた天人か何かに見えているらしい。凱焔に同じ愛情を返してくれた瓏蘭が自分を捨てて空に還ってしまうのではないかと、本気で心配しているのだ。

「……馬鹿なことを。私が天人でなど、あるわけがないだろう」

瓏蘭は呆れ返るが、凱焔は瓏蘭にしがみ付いたまま、左右に首を振る。

「…瓏蘭様のように、水晶よりも清らかでお美しい御方が、荒みきったこの濁世《じょくせ》にお生まれになるわけがない…。……これは全て夢で、目が覚めたら俺は一人で草原に……」

瓏蘭の腕に包まれているくせに、とうとう現実まで疑い始めた。このままでは妄想の世界に入り込んでしまいそうで、瓏蘭は何やらぶつぶつ呟き出した凱焔の頭をぽんぽんと優しく叩く。

「落ち着け、凱焔。私は天人ではないし、そなたを置いてどこかに行ったりもしない」

「う…、…う、…ううっ…」

「…信じられないのか？」

問いかければ、凱焔はこくこくと首を上下させた。そのくせ瓏蘭にしがみ付いて離れようとしないのだから、矛盾にもほどがある。

……いや、矛盾しているのは私も同じか。

瓏蘭は苦笑した。凱焔の荒唐無稽な妄想に心底呆れているのに、同時に、そんな凱焔が愛おしくてたまらないのだから。…この身を使ってでも、慰めてやりたくなるくらいに。

「……凱、焔」

震える耳朶に吹きかけた吐息は、自分でも驚くほど甘く濡れている。はっと顔を上げた凱焔の手を、瓏蘭はゆっくりと己の股間に導いた。ほんの少し前まで男の口内でなぶられていた肉茎は、武器を軽々と操る手の硬さを感じただけで、容易く熱を帯びる。

「あ、……あ……」

もう数えきれないくらいそこをなぶり、しゃぶって蜜を吸ったくせに、触れただけで紅く染まる頬が可愛かった。

己でも意識しないうちに妖艶な笑みを浮かべ、瓏蘭は誘惑の囁きを吹き込む。

「言葉で信じられないのなら、その手で確かめればいい。…私が、そなたと同じ人間だと」

「…ろ、瓏蘭、様…」

「私も一緒に、見ていてやるから……」

瓏蘭はそっと後ろに手をつき、背筋を反らした。ごくん、と唾を飲み込む音に促されて両の脚を広げ、見せ付ける。勃ち上がりかけた肉茎――穢れの無い天人は、決して持ち得ない欲望の証を。白い内腿は、今は傷一つ無いけれど、凱焔はきっと忘れてはいないだろう。初めての夜、そこに刻んだ噛み痕を。…瓏蘭が、己の花嫁であったことを。

「……は、……ぁ……」

蜜に惹かれる蝶のように、凱焔はふらふらと瓏蘭の股間に吸い寄せられていった。漂うかすかな匂いすら逃すまいとばかりに鼻をひくつかせながら、己を待ちわびる肉茎にかぶり付く。

「…あ、……ああっ、あん…っ…」

いつもはなるべく噛み殺していた嬌声を、瓏蘭は紅く色付いた唇からほとばしらせる。破れた単衣を羽織っただけの白い胸を反らし、股間に男を迎え入れて。自分は天人などではなく、血の通った人間なのだと教えてやるために。

「凱焔…、…ぁっ、凱焔っ…」

愛しい男の名を呼べば呼ぶほど、瓏蘭の血はふつふつと滾り、全身を駆け巡った。後ろに回した腕も、胸も、凱焔の頭を挟み込んだ脚も、どこもかしこも熱い。まるで、見えない焔に焼かれているかのように。

でも、一番熱いのは――。

「…もっと…」

吐息交じりに囁けば、欲情に染まった灰青の双眸が瓏蘭を見上げた。どろどろに蕩けたそこに映る瓏蘭の顔もまた、快楽に緩みきっているのだろう。

ぐる、と凱焔が物欲しそうに喉を鳴らす。飢えた獣を満たしてやるために、瓏蘭は男の口内に捕らわれたままの肉茎をうごめかせる。

「もっと…、…強く、吸って…」

瓏蘭の太股を抱え込んでいた腕が、びくんと震えた。いっそう熱を帯びた舌に搦めとられ、肉茎はたちまち張り詰めていく。

「あっ、ああ…っ、あ…んっ…」

絡み付き、容赦無く絞り上げる口内に自ら腰を突き上げ、快楽を貪る日が訪れるなんて、初めての夜には想像も出来なかった。

あの夜、元服もまだなのにと恥じらい、男の手で強制的に大人にされてしまったと泣いていた初心な瓏蘭はもう居ない。愛する男と熱を分かち合いたくて腰を振る、淫らな獣に生まれ変わってしまったから。

「……あっ、ああ、…あー……っ!」

どくん、と高く跳ねた鼓動に、蜜よりも甘い悲鳴が重なった。

溢れ出た白い蜜を、凱焔は根元まで咥え込んだ肉茎から貪欲にすする。一滴も残すものかと首を上下させ、執拗に肉茎を扱きながら。

「…は…っ、…ぁ、…はあ…、はあ、はあ、はあっ……」

やがて起き上がった凱焔の顔には、蜜を喰らってもなお満たされない飢えが色濃く浮かんでいた。

いや、わずかに満たされたからこそ、より強い飢えを自覚してしまったのか。

ぞくり、と瓏蘭は背筋を震わせた。

……そうだ。この男が、これだけで満たされるわけがない……。

骨も残さず貪り喰われるだろう恐怖と、同じだけの優越感が全身を燃え上がらせる。圧倒的な武力で跋鬼の群れを滅ぼし、英雄と称えられる男の飢えを癒してやれるのは、この自分だけなのだと。

「……、凱焔……」

羽織っていた単衣を肩から落とし、寝台に横たわる。自ら広げようとした脚が大きな手に鷲掴みにされ、すさまじい力で開かれた。

「あぁ…っ…」

素早く袴を引きずり下ろし、蕾にあてがわれた切っ先の熱さにくらくらする。何度もまぐわったとはいえ、今日はほとんど解されていないのだ。このままあの太く怒張した肉杭に貫かれれば、初夜のように痛い目を見るかもしれない。

……それでも、いい。

「…早く…、そなたと、一つになりたい…」

「う……っ、……ああ、……あああっ、瓏蘭様……!」

広げた脚を高く担ぎ上げ、さらけ出された小さな蕾に、凱焔は一息に腰を突き入れた。はらわたごと揺すり上げられるかのような衝撃に襲われ、つかの間、呼吸が出来なくなる。

「……あ……、……あっ……！」

再び喉に息が通るのと、蕾を引き裂かれる痛みが押し寄せてくるのは同時だった。真っ白に染まっていた視界に、じわじわと色彩が戻ってくる。乱れた黒い髪、陽に焼けた肌。獣めいた呼吸を刻む唇。瓏蘭をひたと見下ろす、灰青の瞳――。

「…凱焔…、…愛している…」

囁きが零れ落ちた瞬間、痛みは全身を駆け巡る熱と混ざり合い、溶けていった。突き上げてくる愛おしさのまま、瓏蘭は凱焔の首に縋り付く。

ぐるる、と喉を鳴らし、凱焔はわななく唇を舐め上げた。根元まで収まっていた肉杭が抜けてしまう寸前まで腰を引き、再び一気に打ち付ける。

「瓏蘭様…、…俺もっ…」

「あ…！　あ、ああ……っ！」

薄い腹の肉が突き破られてしまいそうな勢いで何度も擦り上げられ、こねまわされるうちに、媚肉は凱焔の先走りで潤い、柔らかく解されていく。肉茎から精を放つ時とは異なる快感が、ひたひたと波のように打ち寄せてくる。

「俺も…、愛しています。瓏蘭様を、瓏蘭様だけをっ…」

「…あ、あんっ、凱焔、凱焔っ…」

「貴方に侍るためだけに、俺は生まれてきた。傍に置いて頂けるだけでも良かったのに…、…貴方も俺を、……愛して下さったり、するから……！」

どちゅどちゅと立て続けに最奥を突かれ、瓏蘭は縋り付く腕に力を込めた。鍛え上げられた巨軀の下で、瓏蘭の小柄な体は嵐の海に投げ出された小舟のように揺さぶられている。

「…俺はもうっ…、貴方を、放して差し上げられない。貴方が妃を娶るのも、跡継ぎを作るのも許さない。…絶対に…！」

「…や…っ、ああ、凱焔、…あぁ…！」

妻を娶れず、跡継ぎも作れない。貴族家の当主としては死罪を宣告されたも同然なのに、瓏蘭は腹の奥から焔が燃え広がるのを感じた。振り落とされてしまわぬよう必死に縋っているのは瓏蘭なのに、灰青の双眸に涙を滲ませる男に、瓏蘭の方こそ縋られている気分になってくる。

放してやれない駄目な犬でも、捨てないでくれと。……愛してくれと。

「馬鹿…、だな、…そなたは…」

瓏蘭は苦笑し、両の脚を逞しい背中に絡めた。そのままぐっと引き寄せ、息が止まりそうなほどの圧迫感すら心地良く感じながら囁く。

「…私はもう、そなた以外の者と肌を重ねるなど考えられないのに…どうやって妃を娶り、子を成すというのだ？」

「——う、うあ、あああっ、……瓏蘭様……！」

歓喜に全身を打ち震わせ、凱焔は最奥に情欲のたけを注ぎ込んだ。

尻ごと下肢をきつく抱き込まれ、一回り以上大きな身体にずっしりとのしかかられては、小さな腹に収まりきらないほど大量の精を受け止めるしか出来ない。逞しい背中にぎゅっとしがみ付き、未知の快感に酔い痴れながら。

「あ、ああ、…あぁ…」

ゆっくりと全身を染め上げていく快感は、つかの間で終わる射精のそれとはまるで違う。凱焔の体温と混ざり合い、新たな熱を生み――自分自身でも気付かなかった、身の内に潜む欲望を引きずり出す。

……もっともっと、この男が欲しい。呼吸を、熱を分かち合い、二度と離れられないくらいに溶け合ってしまいたい。そうすれば、瓏蘭がいつか空に還ってしまうなどと、馬鹿げた妄想を抱かせずに済む。

「凱、焔……」

そっと呼んでやるだけで、瓏蘭の望みは伝わったようだ。灰青の双眸をぎらつかせ、凱焔は瓏蘭の腹をまさぐる。

「……もっと、俺を孕んで下さいますか？」

恍惚と頷いたとたん、肉杭は瓏蘭の腹の中であっという間に復活を遂げた。この男になら、喰い尽くされてもいい。縋り付く腕に力を込め、口付けをねだれば、凱焔は火照る唇を荒々しくぶつけてくる。

――共に何度も絶頂を極め、腹から溢れ返るほどの精を呑み込まされ――ひっきりなしに零れる嬌声がかすれ始めた頃、ようやく凱焔は身を離した。

遠くで朝を告げる鶏の声が聞こえ、瓏蘭は今にも絶えてしまいそうな息を吐く。もはや寝返りを打つのも億劫なほど疲れ果て、重たい身体は自分のものではないかのようだ。それでいて頭の芯が妙に冴えているのは、凱焔によって注がれた焔が未だくすぶっているせいだろうか。

……いや、違う……。

「…瓏蘭様…、俺の瓏蘭様…」

戦場に在っては猛々しく敵を睨み据える灰青の双眸を甘く蕩かされ、何度も頭を撫でられる。艶めいた空気とは無縁の優しい空気に、もう少し浸っていたいからだ。こんなふうに瓏蘭を抱き締め、一つの寝台で休んでくれたのは、亡き母だけだったから。

「ん、凱焔……」

触れ合うだけの口付けを、瓏蘭はくすくす笑いながら受け止める。ついさっきまで瓏蘭がもう無理だと泣いて訴えてもお構い無しに揺さぶってきたくせに、その遠慮がちな仕草は何なのか。

「……覚えていらっしゃいますか、瓏蘭様。宮城にお連れする前、願いを叶えたら俺の望むことを何でもすると、お約束下さったのを」

瓏蘭の笑顔を眩しそうに見詰めていた凱焔が、おずおずと切り出した。笑いを引っ込め、瓏蘭は記憶をたぐる。

『私の願いを叶えてくれたら……後で、そなたの望むことは何でもしてやろう』

——そうだ、確かに言った。

ああでも言わなければ本当に異国へ連れ去られてしまうと思ったからだが、今思うととんでもない約束をしてしまったものである。凱焔のことだ。これから何日か一歩も外に出ずまぐわいたいとか、やっぱり異国に駆け落ちしたいとか言い出しかねない。

だが、身構えつつ頷いた瓏蘭に、凱焔は予想外の『望み』を告げる。

「……ここに、もたれて下さいませんか」

寝台に座り、立てた左の膝を叩いたのだ。瓏蘭は目を見開き、ぱちぱちとしばたたく。

「…それだけで、良いのか？　本当に？」

何度も確かめるが、凱焔は頬を赤らめて頷くだけだ。その程度なら、今でも何とか出来る。

瓏蘭はほっと安堵し、言われた通り凱焔の左膝にもたれかかった。鍛えられた脚はお世辞にも柔らかくはないが、力の入らない瓏蘭の身体をしっかりと支えてくれる。

「……長城の内側に迎え入れられる前、俺の祖先は草原でゲルに住んでいました」

瓏蘭の肩を抱き寄せ、凱焔は訥々《とつとつ》と語る。ゲルとは木製の骨組を羊毛の布で覆った、饅頭のような形をした家で、解体や組み立てが容易なのだという。跋鬼と戦いながら遊牧を営んでいた、犲一族ならではの住居だ。

「ゲルの中は中心で区切られ、東側は男の、西側は女の生活空間とされていました。……だから女が男の左膝に寄りかかるということは、その男のもとに嫁ぐことを意味したのです」

「……！　凱焔、それは…」

はっと振り向いた瓏蘭の唇を、凱焔は柔らかくふさいだ。…焔のように熱いその唇が教えてくれる。

これこそが、凱焔の宿願だったのだと。

曲がりなりにも花嫁衣裳をまとい、輿入れの真似事までしておきながら、今初めて、凱焔の花嫁になれた気がした。…この男と生きていくのだ。健やかな時も病んだ時も、喜びも悲しみも分かち合って――互いが息を引き取る、最期の瞬間まで。

……凱焔、……私の凱焔……。

入り込んでくる熱い舌を、瓏蘭は素直に受け容れる。だんだん激しくなる口付けに応えながら、凱焔の膝にぎゅっと縋り付いた。

この唇が離れたら、教えてやろう。

……私もまた、そなたと出逢うために生まれてきたのだと。

こんにちは、クロスノベルスさんでは初めまして。宮緒葵《みやおあおい》と申します。おかげさまでたくさんの犬攻めを書かせて頂いてきましたが、中華ファンタジー設定は実は初めてです…。特に避けていたわけじゃないんですが、初めてのクロスノベルスさんなので初めての試みがしたい、と考えていたら、中華設定を書いたことが無いと気付きました。

『華獣《かじゅう》』の舞台は、史実的には唐《とう》あたりをイメージしています。でも実際は色々な時代のいいとこ取りです…。ちなみに『跋鬼《ばっき》』も、実際の伝承に登場する女神『魃《ばつ》』がモデルです。そこに居るだけで旱魃《かんばつ》を呼んでしまうので、女神でありながら北方の山に閉じ込められてしまったという。伝承は生き残った人に都合良く伝わるものなので、実際はどうだったんだろうなと妄想したのがこのお話を書くきっかけになりました。

今回、お話の裏側では様々な思惑が絡んでいたわけですが、凱焔《がいえん》の脳内には最初から最後までご主人様こと瓏蘭《ろうらん》しか居ませんでした。こういう盲目的な犬を書いたのは久しぶりだったので、書いていてとても楽しかったです。時々筆が走り過ぎて、ページ数をオーバーしそうでひやひやもしましたけど…。

あとがき

瓏蘭はもともと優秀なので、家族のくびきから解き放たれれば官僚としても活躍出来そうな気がします。凱焔と一緒に、龍晶《りゅうしょう》の治世をよく支えてくれるでしょう。…結婚だけは出来ないでしょうが…。

今回のイラストは絵歩《えぽ》先生に描いて頂けました。絵歩先生、偉丈夫な凱焔と可憐な瓏蘭をありがとうございました…！　本当にお話を細かいところまで読み込んで下さって、ラフを拝見しながら担当さんと二人で感動しっぱなしでした。

担当して下さったI様、いつも細やかなお心遣いを下さりありがとうございます。今後もどうぞよろしくお願いいたします。

最後に、ここまでお読み下さった皆様、本当にありがとうございました。皆様のおかげで新しいお話を書かせて頂けました。初の中華ファンタジー、ご感想を聞かせて下さると嬉しいです。

それではまた、どこかでお会い出来ますように。

CROSS NOVELSをお買い上げいただき
ありがとうございます。
この本を読んだご意見・ご感想をお寄せください。
〒110-8625
東京都台東区東上野2-8-7　笠倉出版社
CROSS NOVELS 編集部
「宮緒 葵先生」係／「絵歩先生」係

CROSS NOVELS

華獣

著者

宮緒 葵

2020年10月23日　初版発行　検印廃止

発行者　笠倉伸夫
発行所　株式会社 笠倉出版社
〒110-8625　東京都台東区東上野2-8-7　笠倉ビル
[営業]TEL　0120-984-164
FAX　03-4355-1109
[編集]TEL　03-4355-1103
FAX　03-5846-3493
http://www.kasakura.co.jp/
振替口座　00130-9-75686
印刷　株式会社 光邦
装丁　斉藤麻実子〈Asanomi Graphic〉
ISBN 978-4-7730-6056-0
Printed in Japan